COLLECTION FOLIO

Jérôme Garcin

Cavalier seul

Journal équestre

Postface inédite de l'auteur

Gallimard

Jérôme Garcin est né à Paris le 4 octobre 1956. Il dirige les pages culturelles du *Nouvel Observateur* et anime *Le Masque et la Plume* sur France Inter. Il est notamment l'auteur de *La chute de cheval*, prix Roger Nimier 1998, de *C'était tous les jours tempête*, prix Maurice Genevoix 2001, et de *Théâtre intime*, prix Essai France Télévisions 2003, tous parus aux Éditions Gallimard.

À Gabriel

« À cheval, Planchet, à cheval ! Il n'y a que les routes pour calmer la vie. »

ROGER NIMIER

« Je n'ai jamais cru en Dieu qu'à cheval. »

CHRISTINE DE RIVOYRE

Jamais l'idée de tenir un journal intime ne m'a effleuré, même certains soirs de mélancolie. C'est un exercice dont la complaisance, l'impudeur et l'intestinale macération m'avaient jusqu'alors été épargnées. Si je lis volontiers les diaristes, fût-ce pour de mauvaises raisons, je me suis toujours bien gardé d'ajouter à leurs chuchotis de sacristie et à la comptabilité falsifiée de leur petite entreprise familiale. Sans doute, en y cédant, aurais-je eu la désagréable impression non seulement de m'importuner, mais aussi de déranger un hypothétique lecteur dans son enviable insouciance. Et puis je suis très jaloux de mes secrets. J'en aime la brûlante compagnie, la présence clandestine, c'est un trésor de guerre, amassé depuis près d'un demi-siècle, que je ne livrerais pour rien au monde.

Mais la vraie raison est que je n'ai jamais éprouvé le besoin de me coucher sur le papier, moins encore de m'y déshabiller seul. À l'âge, l'adolescence, où le journal intime tient de l'exutoire, de l'onanisme et ressemble à un paquet de mouchoirs jetables, je préférais réaliser à la main, sur des copies doubles grands carreaux, de faux vrais quotidiens dont j'étais à la fois le titreur, l'éditorialiste, l'intervieweur, le critique, le grand reporter et le vendeur à la criée, rue de l'Étang-Broda, Bray-sur-Seine.

Le temps filant, j'ai appris à donner à mes chroniques ce que d'aucuns confient à leurs carnets : des émotions, des enthousiasmes, des colères, des repentirs, des petits bouts de moi, avec le sentiment trouble, assez excitant, que des inconnus curieux, bien ou mal intentionnés, lisaient chaque semaine par-dessus mon épaule.

Je ne connais même pas le regret légitime et tardif d'avoir perdu, en ne la consignant pas sur le vif, la trace d'une rencontre d'exception, d'un spectacle éphémère, d'une confidence tremblée. Car j'ouvre mes cartons déformés par la surcharge pondérale d'articles, et je retrouve, intacts, le récit méthodique de mes visites à René Char, la preuve maladroite de l'émerveillement qui m'a saisi devant *La Tempête* orchestrée par Giorgio Strehler, ou le souvenir de ma gêne enfantine lorsque, dans une régie de télévision, Simone Signoret, peu de temps avant de mourir, s'approcha en chaise roulante d'un écran de contrôle, où défilaient les archives en noir et blanc que j'avais sélectionnées, pour embrasser une dernière fois les jeunes lèvres, les inaccessibles lèvres d'Yves Montand. En somme, mon journal intime, *je ne l'ai jamais écrit, mais je n'ai pas cessé, depuis le milieu des années soixante-dix, de le publier.*

Entre-temps, j'ai attrapé une maladie vieille comme l'humanité et contre laquelle n'existe, à ce jour, aucun remède. Ceux qui ont été épargnés en sourient, parfois s'en gaussent. Ils ont tort. Elle paraît en effet anodine, négligeable, divertissante, elle est insidieuse, exigeante avant de devenir tyrannique. Elle ne laisse aucun répit. Elle n'admet aucun rival. Elle exige qu'on lui sacrifie beaucoup de temps, une dispendieuse énergie, toutes ses économies, son corps et, qui sait, son âme. À l'instar de certaines religions, elle promet le paradis après qu'on a bien souffert et qu'on s'est bien effacé. Elle déteste les paresseux et les lâches. Elle est effrayante et magnifique. Il arrive qu'on en meure. C'est la fièvre du cheval.

Jour après jour, elle me dévore. J'ai essayé en vain de lutter. Maintenant, soumis, je me laisse faire. Je m'applique et m'amuse seulement à la domestiquer. Je lui cède en selle, elle me poursuit à pied, jusque dans la grande ville où elle ne manque jamais une occasion de me narguer et, si d'aventure je la dédaigne, de me persécuter.

C'est pour mesurer l'étendue de mes obsessions, l'évolution clinique du syndrome et dresser le bilan quotidien, avec sursis et rechutes, de cette singulière pathologie que j'ai décidé, un jour de mai 2003, de tenir ce journal intime, ou plutôt ce journal équestre. Je l'ai fait en respectant scrupuleusement les règles du genre, sans rien retrancher ni ajouter après coup, sans même m'offrir le plaisir, auquel j'avoue avoir succombé dans mes autres livres, de la réécriture maniaque, de la restauration sophistiquée, du délicieux remords conduit par l'implacable grammaire, corrigé par l'invisible et coupable bonheur de se préférer. À ces carnets j'ai refusé en revanche tout ce qui, dans ma vie de Fregoli, ne se rapporte pas au cheval. Dans cet espace réduit dort, d'un sommeil paisible, ce qui ne s'écrit pas.

À mon insu, le cavalier épaulant chaque jour le greffier, je me suis pris au jeu et peut-être l'aurais-je longtemps prolongé si je n'avais décidé pendant l'été 2005, parce qu'il souffrait d'une arthrose précoce et avait bien mérité une retraite au grand air, de mettre Eaubac au pré, sous les arbres centenaires et protecteurs du pays d'Auge, où désormais il trotte sans moi et arrache de l'herbe riche sans compter. Déjà, il m'oublie. Moi, je me souviens de tout ce qu'il m'a donné. Cette triste séparation d'avec le trotteur de ma vie mettait donc un terme à cet étrange journal. Mais elle n'a pas raison de ma passion, que je confie maintenant à la page blanche et à d'autres galops dont j'ignore encore où, et sur quel dos, et à quelle hauteur, ils voudront bien me mener.

2003

30 avril

Deux heures de promenade sur la plage désertée de Deauville et sous un ciel bas d'apocalypse. La mer est en colère, elle a sorti son beau gris métal. En guise de préliminaires, les pieds fouettés par les vagues, Eaubac léchouille l'eau salée comme s'il lapait du champagne. C'est un cheval distingué, un peu gourmé. Ensuite, on trotte face au vent et à une fine bruine. Les mouettes s'envolent sur notre passage. Au loin tanguent les bateaux qui rentrent en procession au Havre. Eaubac trépigne, à qui la Manche donne des envies de rodéo : la marée est très basse, le sable compact, l'air abrasif. Un char à voile nous croise, et le voici parti en coups de cul et autres figures de gymnastique. Je tends à peine les rênes. On s'installe alors dans un galop puissant et cadencé qui n'en finit pas. Extase matérielle. Rêverie bachelardienne.

Sentiment merveilleux d'être à la fois au plus profond du sable, au cœur de l'eau et en lévitation. Intimité folle de nos deux corps soudés par la vitesse. Au retour, étonné par ses propres efforts, mon buveur de vent s'arrête face à la mer, semble scruter l'horizon, lève sa tête superbe et lance un long hennissement. À qui parle-t-il, dans les bourrasques marines et la lumière crue d'un Canaletto ? Mystère de ce cheval dont je me sens si proche et qui garde pourtant, au jusant, son impénétrable liberté. Mystère des chevaux, ces princes courtois et hautains qui acceptent notre affection mais refusent de nous appartenir, d'être serviles ; qui parfois se donnent mais jamais n'abdiquent. Ils incarnent un impossible amour. Sans doute est-ce la raison pour laquelle on les aime si fort. Non sans y mettre un peu de présomption.

1er mai

Aubervilliers. Premier filage, dernier rodage de *Loungta, les chevaux de vent*, le nouveau spectacle de Bartabas. Sous le chapiteau plongé dans une presque obscurité, on est accueilli par le parfum religieux et les volutes lourdes de l'encens. Les moines du monastère tantrique de Gyuto prennent place en hauteur, aux deux extrémités du théâtre, là où entrent et sortent les chevaux. Après les musiques berbères de l'*Opéra équestre*, les chants du Rajasthan de *Chimère*, les voix sanglantes et coréennes d'*Éclipse* et le Stravinsky de *Triptyk*, Bartabas a donc choisi le timbre grave des « voix de buffles ». Une cloche en toile transparente, derrière laquelle on devine des chevaux, recouvre le centre de la piste. Elle ne cesse de monter et de descendre au cours du spectacle.

Je suis inquiet. Bartabas vient de réussir magistralement, et malgré les suspicions, les quolibets, les attaques de quelques rigides gardiens du temple, à créer l'Académie équestre de Versailles. Assis sur les gradins d'Aubervilliers, je crains que, faute de temps, il ait bâclé *Loungta*, qu'il ne se répète, qu'il cède soudain au systématique et consensuel folklore des musiques du monde, des métissages culturels.

Deux heures plus tard, devant l'immense feu de bois qui crépite dans la cour de Zingaro, je suis encore sous le choc. *Loungta* n'est pas seulement d'une stupéfiante beauté, il témoigne, à chaque tableau, d'une inventivité, d'une audace qui ajoutent à ma conviction que Bartabas est exceptionnel.

Qu'ai-je donc vu ? La mort, omniprésente, ironique et grotesque. Des voltigeurs en habits de squelettes portent des masques courroucés, effrayants. En guise de pommeaux de selle, des têtes de mort. Et puis des acrobates aux yeux révulsés, aux visages hallucinés. Une femme peinte en bleu à califourchon sur un âne incarne le démon. Moment de grâce mais aussi d'humour : une cavalière blanche entourée d'une cour d'oies dressées à suivre le cheval avec docilité.

Au centre de la piste, Bartabas apporte à cette liturgie funèbre, à cette provocante cérémonie, une étrange sérénité. Il piaffe, passage, pirouette sur le sable rouge. L'autre piste circulaire, tapissée d'un gris d'huître, est réservée aux cavalcades des voltigeurs emmenés au triple galop par le vent tibétain.

Il faut voir avec quelle attention, leurs oreilles tendues, les chevaux écoutent les voix caverneuses descendues des cintres. Ils paraissent émus. Comme nous, incapables de définir ce qui, de la poignante prière bouddhiste, la tragicomédie où s'affrontent les divinités de la mort et l'éclatante joie de vivre, la surabondance de couleurs vives ou l'absolue pureté de l'écuyer Bartabas, nous étreint si fort.

2 mai

J'ai cru, il y a quinze ans, que ma curiosité pour Bartabas venait de mon amour pour les chevaux. Avec *Loungta*, je viens de comprendre que, même si je n'étais pas cavalier, même s'il dressait des paons ou des guépards, je lui trouverais les mêmes vertus créatrices. Les chevaux augmentent son génie propre, mais ils ne le fondent pas.

3 mai

15 h. Travaillé pendant deux heures Eaubac, au trot puis au galop, sur les barres au sol. À la fin de la séance, il descend l'encolure, il se donne, rênes tendues mais longues, avec une légèreté qui fait mon bonheur provisoire et me libère de tout ce qui m'encombre. Sentiment de presque grâce. Mon bel athlète mouillé me semble alors si féminin.

20 h 30. Il n'a pas quinze ans. Il est originaire de Nantes. Il s'appelle Xavier Bouchaud. Il joue à ravir, à pleurer, la sonate n° 15 pour piano opus 28 de Beethoven et, de Liszt, la *Légende de saint François de Paule marchant sur les flots*. Le concert se déroule dans la salle Élie-de-Brignac, à Deauville. Autrement dit, la salle des ventes. Là où, dans une atmosphère électrique et des cris de boursicoteurs, le monde entier s'arrache à prix d'or les pur-sang, les meilleurs produits des haras voisins. Sur la scène en demi-cercle où, d'ordinaire, crânent et piaffent les yearlings au poil lustré, un modeste gamin en noir, totalement immergé dans son piano à queue, fait entendre une musique de nuit.

4 mai

C'est un lieu secret que nous sommes seuls à connaître. Un espace vierge. Loin dans la plaine, du côté de Cormeilles, au milieu des champs cultivés, presque invisible à l'œil nu, il y a un petit pré à l'abandon, où l'herbe est haute, légère et folle. Eaubac le connaît par cœur. Il sait que, dès l'instant où l'on y arrive, je descends, m'allonge sur le dos, lui rends sa liberté et le laisse, rênes longues, savourer ces graminées profuses. Jamais il ne s'éloigne. Si je bouge, il m'accompagne. Je me repose, le rassure, il se repaît. Nul ne sait où l'on se trouve. C'est une très douce solitude. Le temps s'arrête, au cœur du silencieux océan de verdure, derrière des vagues de jeunes blés. Lorsque, après cet intermède, je remonte en selle, la botte, appuyée sur l'étrier, fait crisser le cuir tiède de l'étrivière, lamento familier de la matière assouplie qui s'étire et à nouveau demande à travailler.

11 mai

Je reconnais, parmi toutes, l'odeur âcre d'un *club house*, ce mélange de vieux whisky, de tabac froid et de cuir fatigué qui m'évoque le trac d'avant la compétition et les conciliabules d'après l'effort. Clouées au mur, des plaques métalliques aux formes ovales, rondes ou carrées témoignent d'une gloire passée. Les couleurs des lettres en relief ont perdu leur éclat. Je peine à lire certains titres, aux abréviations pour initiés : « Jeunes chevaux CCE », « Championnat de France seniors », « Concours de dressage, reprise n° 2 », « Jumping de concours complet F1 », « Entraînement, 3e série », « Cycle libre CCE, D2, B3, A1 », « Prix de poulinière suitée », « CSI de La Baule », « CSO de Cannes »... Parfois, des réclames d'antan font chanter les lauriers d'un jour : « Pour gagner, sellez Macel ! » Il y a quelque chose de funéraire dans cette exposition de trophées rouillés et d'hommages empoussiérés à des chevaux qui n'ont pas survécu à leurs cavaliers, à des cavaliers qui sont toujours en deuil de leurs chevaux. Un écriteau, placé à l'entrée de la tribune qui donne sur le grand manège, rappelle aux visiteurs qu'il convient de « respecter le silence pendant les reprises ». On pourrait se croire au seuil d'un cénotaphe.

23 mai

Jean Rochefort est membre du jury du cinquante-sixième festival de Cannes. Contrairement au président, Patrice Chéreau, tout pénétré de son auguste fonction, Rochefort garde son humour, oppose à l'excitation ambiante un joli flegme de cavalier. La présence, en sélection, de ses copains Jean-Pierre Marielle (dans le film de Claude Miller) et Philippe Noiret (dans celui de Bertrand Blier) ajoute à sa bonne humeur. Ce sont les grands ducs sur la Croisette. Je lui demande s'il est heureux. « Oui, me répond-il, j'ai un cheval qui a gagné ce matin un concours à Rambouillet. » Mais la sélection ? « Je n'ai pas aimé le Téchiné, parce qu'il y a un cheval mal en point. » Je lui parle festival de Cannes, il me demande si j'ai apprécié sa mise en scène et en son du grand concours hippique de La Baule. Rires complices. Dans le théâtre Lumière, on nous regarde de travers.

24 mai

Au déjeuner, je retrouve Marin Karmitz. La discussion tourne autour des chevaux, de la plage de Deauville au galop et des spectacles de Bartabas dont il produit les films. En le quittant, je m'étonne que personne n'ait jamais tenté de comprendre pourquoi plusieurs producteurs de cinéma — outre le patron de MK2, il y a Paulo Branco, membre de l'équipe portugaise d'endurance, et Maurice Bernard, à qui l'on doit notamment les films vagabonds et poignants de Manuel Poirier — pratiquent l'équitation. Est-ce une autre manière d'assouvir la passion du risque ou le plaisir, en selle, de se faire son cinéma ?

25 mai

Dîner de clôture du festival de Cannes, salon des Ambassadeurs. Je suis assis à côté de Catherine Tasca, ancien ministre de la Culture. Elle me raconte la dure vie de sa fille qui prépare le monitorat d'équitation et dont le cheval, un apaloosa, est rongé par l'arthrose. Je lui conseille l'ostéopathe qui soigne Eaubac. Échange de téléphones. Jean Rochefort vient me voir. Au milieu des smokings, il se distingue. Il porte un costume blanc, on dirait un préfet au temps des colonies. « Bon, me dit-il, nous allons enfin retrouver nos chevaux ! »

28 mai

Dîner augeron entre cavaliers robustes arrosé au « 44 ». Ici, entre Pont-l'Évêque et Cabourg, le « 44 » est un mot de passe. Ou plutôt, un chiffre de passe. Il désigne une boisson douce, fruitée, veloutée, mais alcoolisée, dont l'abus provoque parfois des ravages dans le bocage. Elle n'est évidemment pas commercialisée. Le « 44 » se fabrique à l'abri des indiscrets et ne se boit qu'entre amis, avec une lenteur philosophique.

C'est Marie-Thérèse Gibourdel qui, la première, m'y a initié. Avec son mari, Michel, elle préside aux destinées de la fameuse pâtisserie de Trouville, *À Charlotte Corday*. Un soir, après la fermeture, elle sortit de sous le boisseau un bocal de « 44 », comme s'il s'agissait d'une relique. La robe rougeoyait dans la semi-obscurité. Des perles noires dansaient dans le liquide de feu. Et au fond dormait, lourde et striée, une mystérieuse boule. J'ai goûté et succombé. Il faut imaginer une manière de vin d'orange, mais en plus musclé, en plus puissant, en plus traître, aussi. Il faut se figurer le mariage d'un vieux cidre et d'une jeune sangria. Il faut dessiner, dans sa tête, l'invisible et improbable point de jonction entre la Normandie et l'Espagne, la prairie et l'arène, l'humide et le sec, la ruminante laitière et le taureau furieux, le froid trotteur et le chaud andalou.

Avant de perdre mes esprits et de ne plus pouvoir aligner trois mots, j'ai interrogé Marie-Thérèse sur l'origine de cet étrange breuvage. Elle m'a alors raconté son enfance à la campagne, près d'Orbec. C'étaient les années d'après-guerre. La terre était encore travaillée avec des chevaux de trait. Les moissons sentaient le pain chaud. Le corps réclamait du vif-argent. Dans les fermes, on n'achetait pas de liqueurs, on les inventait soi-même. L'une s'appelait « le Vieux Garçon ». L'autre, le « 44 ». Elle tenait la recette de sa grand-mère. À l'époque, le « 44 » se préparait avec de la petite eau, qui est l'essence de calva. Dans un grand récipient, on ajoutait quarante-quatre sucres blancs, quarante-quatre grains de café, une belle orange percée de quarante-quatre coups de couteau, et on laissait macérer le tout, à l'ombre d'une écurie ou dans la fraîcheur d'une buanderie, pendant quarante-quatre jours, en prenant bien soin de remuer légèrement le liquide chaque matin avec une cuiller en bois. Cette eau-de-vie satinée, d'autant plus dangereuse qu'elle semble inoffensive, était un spiritueux dont on avait hérité, un digestif qu'on dégustait sans mot dire. De ne pas trouver le « 44 » à l'étal d'un caviste rendait plus précieux encore son charme clandestin. Le boire, c'était mériter d'être initié et entrer de guingois dans le ventre du pays d'Auge.

Nous avons donc appliqué à la lettre la recette de Marie-Thérèse. Désormais, deux ou trois bocaux donnent à notre sellerie des reflets vermeils. Et quand, le soir, on sort le « 44 », c'est signe qu'on est avec des gens de chevaux. Ils ont le mollet dur, la nuque raide et la tête solide. Cette liqueur interdite leur arrache, après quelques verres, une tendresse qu'on ne leur connaît pas à cheval.

30 mai

Le colonel Loïc de La Porte du Theil, l'écuyer en chef du Cadre noir, nous a proposé de passer la journée à Saumur. On ne refuse pas, sur terre, l'invitation du grand dieu. Partis le matin en voiture du Mesnil-sur-Blangy (avec bottes et bombes dans le coffre), nous arrivons, Anne-Marie et moi, pour déjeuner. Autour de la table, le général Durand, ancien écuyer en chef venu en voisin, et João Filipe Figueiredo, qui dirige l'École portugaise d'art équestre de Lisbonne. Un verre d'Anjou à la main, Durand, plein d'humour, raconte le tournage du *Napoléon* de Guitry, dont il a été autrefois un figurant, me prie de venir voir son cheval irlandais qu'il monte en extérieur tous les matins, et donne la recette de son bonheur : « Quand le temps est sombre, je m'enfile une bouteille et je me repasse *Les Grandes Manœuvres*, mon film préféré, le plus beau dragon de l'armée française. » Anne-Marie lui explique que son père était mauvais cavalier, qu'il galopait à « moteur ! » mais tombait à « coupez ! », le général Durand ne veut pas en démordre : Gérard Philipe, l'idole de sa jeunesse, était « juste » en selle.

L'après-midi, nous partons nous promener, avec La Porte du Theil, sur les merveilleuses allées sablonneuses de l'École nationale d'équitation, longeons les carrières blanches, les parcours de cross. Anne-Marie monte un lusitanien gris et moi, un cheval dont la robe dorée me rappelle celle des akhal-téké. Le colonel fait la conversation, il a de l'humour et le charme dont abusaient les officiers chamarrés dans les salons du XIXe. Après quoi, nous entrons dans le très imposant grand manège, tendu de drapeaux français et portugais pour le carrousel du soir. La Porte du Theil saute à terre et me propose son cheval. Je suis intimidé. Si l'on m'avait dit que, un jour, je pourrais passager et esquisser le pas d'école dans la cathédrale de Saumur sous l'œil du grand dieu ! Émotion, trac, frissons, extase : j'ai l'impression d'être dans *Milady*, de Morand. Le rêve réalisé de ma petite vie de cavalier ordinaire. Lorsque je redescends, le colonel me conduit dans le cabinet dévolu au cérémonieux cirage des bottes. Le protocole est respecté.

Le soir, à vingt et une heures trente, on m'annonce que je dois présider le carrousel que vont donner, devant mille cinq cents spectateurs, les écuyers du Cadre noir et ceux de l'École portugaise d'art équestre. Quand, au son du concerto pour clarinette de Mozart, et suivis dans l'obscurité par la poursuite blanche, le colonel de La Porte du Theil et le docteur João Filipe Figueiredo entrent au pas, botte à botte, dans le grand manège pour s'avancer vers la tribune présidentielle, que le premier salue avec son lampion et le second avec son tricorne, le directeur de l'École nationale d'équitation, Hubert Comis, me fait signe que je dois me lever pour répondre, seul, à leur salut. Plusieurs fois, dans la soirée, je devrai à nouveau me lever et répondre, par un léger mouvement du buste, à ces écuyers qui me font le cadeau de leur spectacle.

Et quel spectacle ! Le mariage chorégraphique des lusitaniens Alter Real et des selles français, des petits portugais rassemblés et des hauts chevaux de Saumur. Magnifique solo de João Filipe Figueiredo sur Helxir. Airs relevés et sauts d'école sur la *Sarabande* de Haendel. Saut de table *à la belle époque* de Jean-Jacques Boisson sur Émisphère et *La Vie parisienne*, d'Offenbach. Un impeccable carrousel portugais et des reprises libres en musique où se mêlent les deux formations. Elles illustrent le mot de Baltasar Gracián dans *L'Homme de cour* : « Mieux on fait une chose, et plus il faut cacher le soin que l'on apporte à la faire, afin que chacun croie que tout y est naturel. » Lorsque, après le final, je me lève une dernière fois pour répondre au salut des deux écuyers en chef, au lieu d'applaudir, je place ma main droite sur le cœur. C'est l'organe rythmique de la gratitude.

31 mai

Réveil face à la Loire dans notre chambre d'hôtel. Le premier soleil caresse en douceur la pierre immaculée des vieilles maisons, le tuffeau de l'ancien manège des écuyers.

La route, à nouveau. Nous devons arriver à Pont-l'Évêque avant midi pour voir Gabriel sauter dans un concours hippique, où il fait une barre et râle contre Holliday.

L'après-midi, je retrouve enfin Eaubac. Je le monte comme si je lui racontais ma journée à Saumur, comme si je voulais lui prouver que je m'étais amélioré. En rênes allemandes, nous travaillons dur sur les barres au sol, de petits obstacles et des figures de barrage. Il fait très chaud. Je le douche de la tête aux pieds. Sa robe humide luit au soleil. Je suis heureux.

1er juin

Grande promenade récréative au fond des bois du Faulq, dans une lumière qu'on dirait tombée à l'oblique d'un vitrail gothique, un dimanche pascal. Au pied des arbres, Eaubac dévore la mousse crépue et les frondes des fougères tel un affamé.

2 juin

Même au repos, le cheval est gracieux. Il s'abandonne avec élégance. Lorsque je panse Eaubac devant son box, et que le chatouillis de ma brosse, et que le doux grattement de mon étrille, et que le frottis de mon éponge humide l'ensommeillent, il ferme les yeux mais ne tient, immobile, que sur trois pieds. Le quatrième, un postérieur, est toujours plié sur la pointe du sabot. On dirait la jambe alanguie d'un danseur étoile. Une fois les muscles bien relâchés, il passe à l'autre postérieur. Il fait, sur place, une sieste chorégraphique. C'est un artiste qui s'ignore.

7 juin

Depuis une semaine, Eaubac a le tour des yeux blanc. On dirait qu'il porte des lunettes *tendance*. J'appelle le vétérinaire. Il m'explique que mon cheval est sans doute allergique aux U.V. Première nouvelle. Il préconise des paddocks à la nuit tombée, des promenades à l'ombre des forêts et une pommade ophtalmique, le Fradexam, qui a la propriété d'être anti-inflammatoire, anti-allergique et anti-infectieuse. Pour que les mouches ne viennent pas le chatouiller sous l'œil, je lui mets un masque sur la tête. Il semble l'apprécier. J'ai l'impression de monter un cheval-Zorro.

8 juin

Longue séance de travail sous les indications de Cathy. Hanches en dedans, cessions à la jambe, appuyers au pas, puis au trot. À la fin, appuyers au galop dans la diagonale. Eaubac est formidable. Qui pourrait croire, en le voyant, que c'est un trotteur ?

12 juin

Je reçois *Les Chevaux de vent*, de Marine Oussedik, une jeune femme que j'ai rencontrée le mois dernier à Amiens, lors d'une conférence que je donnais à la librairie Martelle. Elle vit avec ses chevaux dans la région. Elle a une passion pour les lusitaniens et les pur-sang arabes. C'est une dessinatrice de chevaux dont le talent est double : son trait à l'encre de Chine est d'une précision quasi éthologique et, pour autant, elle n'oublie pas de nous faire rêver. Les chevaux arabes se prêtent à son inspiration. Elle les fait danser, jouer, se battre, parader, voler dans le ciel d'Allah, avec fierté et tendresse à la fois. Les calligraphies d'Abdallah Akar accompagnent cette méditation où l'on ne sait plus où s'arrête ce qui est écrit, où commence ce qui est dessiné.

15 juin

Anne-Marie, plus accomplie que jamais : elle monte Danseur et elle le raconte, à sa manière, dans la série des livres pour enfants à paraître à l'automne.

18 juin

De Rome, où elle séjourne à l'Ambassade de France, autrement dit : chez elle, Edmonde Charles-Roux m'écrit qu'elle est venue présider une distribution des prix dans le lycée Chateaubriand où elle a fait autrefois ses études. Et elle ajoute : « Je suis allée faire un tour du côté du *galopatoio* de la Villa Borghese où mon frère, ma sœur et moi allions chaque jour monter les chevaux de ma mère — Elkantara, Nipp et Day — à l'époque où mon père était ambassadeur à Rome. Hélas ! Les pistes, le rond, tout était vide. Pas un cheval dehors et pour cause : une chaleur accablante, anormale. Je suis revenue dans le cadre sublime du palais Farnèse, dépitée, un peu triste... »

Cette lettre, qui m'émeut, me rappelle celle que, au lendemain de la parution de *La Chute de cheval*, Julien Gracq, évoquant lui aussi ses souvenirs, m'avait adressée de Saint-Florent : « Le peu d'expérience que j'ai eu autrefois de l'équitation au manège de Saint-Maixent (là se sont bornés mes rapports directs avec le cheval), la fréquentation (angevine) du Carrousel de Saumur, et le plaisir que j'avais en Normandie à revoir le haras du Pin, et à retrouver l'hôtel paisible qui m'hébergeait dans le voisinage, me permettent de comprendre la passion qui anime votre livre et en fait le prix : tout comme elle anime la très belle nouvelle de Morand que j'admire moi aussi. »

Je me rends compte soudain, c'est-à-dire tardivement, que je suis devenu le confident naturel des écrivains qui ont la nostalgie du cheval et le regret de leur enfance.

28 juin

Je ne connais pas Pierre Guibert. Par complicité, m'écrit-il, il m'envoie son catalogue. Il vend des selles, des bottes, des brides, des vêtements d'équitation avenue Victor-Hugo. Mon premier réflexe est tout de méfiance. Je n'aime pas qu'on associe le luxe et le cheval. Et je trouve cet alliage démodé. Et pourtant, à mesure que je feuillette son catalogue, je me mets à gambader. Je caresse de l'œil le siège en veau souple, les quartiers lisses comme du Jean-Sébastien Bach. Le cuir des selles sent le caramel, les bridons sont d'une souplesse adorable, les tapis de selle ont le moelleux du galop de dressage, les gants en agneau paraissent une seconde peau, une seconde main. À ce niveau de perfection, le luxe, c'est de l'art.

29 juin

Réalisé par la Sofres pour le compte des Haras nationaux, un sondage réconfortant paraît dans *Le Journal du dimanche* : le cheval fait donc rêver les citadins de 2003. 75 % trouvent le cheval adapté pour exercer des missions de sécurité et 73 % pensent que les chevaux en ville la rendraient « plus humaine et plus conviviale ». 69 % regrettent de ne pas avoir l'occasion de voir plus souvent des chevaux. Enfin, 90 % des sondés préconisent l'usage de l'équitation pour la rééducation des personnes handicapées, 82 % pour la surveillance des parcs et jardins. J'en conclus qu'il ne me reste plus qu'à faire venir Eaubac à Paris.

4 juillet

Je passe la journée à Hossegor, où l'on m'a invité à faire une conférence et à signer *Théâtre intime*. J'ai accepté ce voyage par curiosité, pour découvrir enfin Hossegor, où Jean Prévost et Marcelle Auclair se sont mariés en 1926 avec, pour témoins, François Mauriac et Ramon Fernandez. Il fait un temps magnifique, et après m'être promené sur la plage, je sacrifie, sous une tente, au rituel mauriacien de la causerie. Je trouve le moyen de parler des chevaux, bien sûr. Au moment de la signature, de jeunes cavalières viennent, comme chaque fois, me parler avec une ferveur adolescente de leur passion. Un homme de cinquante ans m'avoue s'être « mis au cheval » après m'avoir lu. Et puis apparaît, souriante, Christine de Rivoyre. De son portefeuille, elle sort, pour que je les admire, les photos de ses deux connemaras, âgés de vingt-quatre et vingt-neuf ans, qui vivent près d'elle, dans un paddock où elle entretient, pour eux, une herbe artificielle. Elle fait l'éloge du sol tendre des forêts de pins, où les galops sont élastiques. Je lui raconte ma visite à Saumur. On s'embrasse comme deux vieux amis. Avant Hossegor, je ne l'avais pourtant jamais rencontrée. Les chevaux sont nos alliés substantiels.

5 juillet

Quand vient l'été, je déconseille toujours Deauville aux amateurs de grasse matinée, aux fainéants. Car le petit matin y est dédié aux chevaux. Vers six heures, la station balnéaire se réveille (ou prolonge sur l'oreiller ses cavalcades imaginaires) au son d'étranges, merveilleux et réguliers cliquetis. À l'oreille, on dirait le passage, sabre au clair, du régiment de dragons mené par le lieutenant Gérard Philipe sous la fenêtre close de Michèle Morgan. Les grandes manœuvres chez le duc de Morny ! C'est un bruit d'autrefois dans une ville d'aujourd'hui. Le tempo métronomique des fers sur le pavé, ajouté au clavecin des mors de bride, compose, dans l'aube cotonneuse, une sonate métallique qui n'en finit pas de faire mon bonheur.

Ils surgissent de partout, les chevaux, et traversent au pas la ville endormie pour rejoindre, excités comme des enfants, la longue plage déserte. Les *peticeros* argentins conduisent, par piquets de cinq ou six, leurs émotifs poneys de polo, des criollos à la robe cerise, en chantonnant un vieil air de la Pampa. Les apprentis jockeys amènent, depuis l'hippodrome de la Touques ou celui de Clairefontaine, de fiers pur-sang dont le dos précieux est protégé par un couvre-reins. Parfois même, des sulkys rejoignent en glissant la procession. Viennent enfin, depuis les clubs voisins — sis à Tourgéville, Villerville ou au Brévedent —, les cavaliers ordinaires, vous, moi, pour qui un galop sur le sable mouillé et un piaffer dans la mer sont un gage de liberté.

Deauville offre alors jusqu'à Villers l'étonnant spectacle d'un ballet improvisé, d'un carrousel cosmopolite où se mêlent, se croisent et se tutoient, au milieu des mouettes amusées, galopeurs et trotteurs, anglo-arabes et selles français, bais et gris, cracks et carnes, entiers et hongres, tous enivrés par le vent salé et attirés par l'horizon. L'été est la seule saison où des cavaliers qui se flattent de s'ignorer échangent soudain des saluts complices, s'éclaboussent en souriant, comparent leurs montures dans un sabir franco-anglo-argento-équin, et se découvrent au lever du jour une ferveur commune, dont Deauville est l'accueillante capitale : le cheval.

À neuf heures, lorsque la plage est enfin rendue aux piétons, aux baigneurs et au soleil, les champions détendus, assouplis et trempés, regagnent leurs écuries respectives en passant devant la salle Élie-de-Brignac, briquée pour les prochaines ventes de yearlings et d'où monte parfois le son très pur d'un violon, d'un piano, d'une voix blessée de haute-contre. Les chevaux des bords de mer sont prêts pour les grands défis sur l'herbe. Ils vont nous épater. L'après-midi, les équipes internationales de polo s'affronteront sur le gazon central de l'hippodrome de la Touques tandis que les pur-sang taillés pour la vitesse avaleront la piste en anneau de mille six cents mètres ; les maillets au cœur, les cravaches autour. D'autres cavaliers, plus discrets, s'égailleront dans le pays d'Auge pour participer à un concours de saut d'obstacles, courir un cross dans la forêt ou simplement travailler leur cheval, calme, en avant et droit, dans une carrière ombragée qui sent le tilleul de Combourg et de Chateaubriand.

Mais tous se retrouveront demain matin, botte à botte, pour envahir pacifiquement la ville, faire résonner les sabots le long des belles villas et, telle Isadora Duncan après la mort accidentelle de ses deux enfants, danser sur le sable et dans les vagues en regrettant que l'été ne dure pas toute l'année, que le bonheur soit si précaire.

6 juillet

Très beau concours international à Deauville, sur l'herbe de l'hippodrome de la Touques. J'assiste à la victoire de Michel Hécart sur Kannan et aux prouesses de Philippe Rozier sur Ganache l'Amandour tout en déjeunant avec Jacqueline Reverdy, la présidente de la Fédération française d'équitation. Elle regrette de n'avoir plus le temps de monter. Elle vient d'acheter un poulain. Elle veut le voir grandir. Elle en parle comme d'un bébé. Elle me demande de lui raconter Eaubac. Je suis intarissable.

11 juillet

Je retrouve Bartabas à Avignon, où le festival vient d'être annulé. Dans sa roulotte, plantée à

Châteaublanc, il est désespéré. J'essaie de le réconforter. Dehors, les chevaux argentins grillent sous un soleil calabrais. Dans la nuit, il présente clandestinement *Loungta* devant une vingtaine de personnes : les comédiens de la troupe d'Ariane Mnouchkine. C'est lugubre et magnifique. Il monte mieux que jamais. Le lendemain matin, j'enregistre avec lui *Le Masque et la Plume*. Il parle, il raconte, il s'énerve, et soudain pleure comme une fontaine. Cet homme qu'on a privé de public est d'une solitude absolue. Il quitte le studio en titubant. On dirait un vieux cheval répudié et boiteux sur une terre sans herbe.

16 septembre

Coup de téléphone pour m'annoncer que la Fédération française d'équitation me décerne le prix Pégase, dans la catégorie « œuvre culturelle » où étaient nominés le spectacle de Bartabas, *Loungta, les chevaux de vent*, le film de Gérard Krawczyk, *Fanfan la Tulipe*, l'exposition de l'IMA, *Chevaux et cavaliers arabes dans les arts d'Orient et d'Occident*, et mon livre, *Perspectives cavalières*. Pour désigner celles et ceux qui « servent et défendent les valeurs de l'équitation », la Fédération française d'équitation a proposé cet été aux cinq mille quatre cents clubs affiliés de voter pour départager les nominés.

18 septembre

La cérémonie de remise des prix se déroule, ce jeudi soir, au haras de Jardy dans le cadre des championnats du monde d'attelage. Manque de chance, je dois enregistrer à cette heure-là *Le Masque et la Plume* à la Maison de la Radio. Jacqueline Reverdy me demande alors d'écrire un petit texte que lira Jean Rochefort, en mon absence. Je m'exécute aussitôt...

« Finalement, un écrivain qui s'obstine à être un cavalier et un cavalier qui persiste à être un écrivain a deux ambitions dans la vie : pénétrer avec une prose bien sanglée dans les clubs de la Fédération française d'équitation, où les livres sont trop rares, et être lu à haute voix par Jean Rochefort. Ne serait-ce que vingt lignes de remerciements... Il suffit en effet à cet homme-là de se mettre un texte en bouche pour que l'annuaire des postes devienne *La Chartreuse de Parme* et le *Bulletin officiel*, un opéra de Mozart. Il est comme les chevaux, il nous grandit. C'est dire si, ce soir, le regret le dispute au bonheur. Regret de ne pas être parmi vous, à Jardy, puisque j'enregistre à cette heure *Le Masque et la Plume* à la Maison de la Radio, une émission culturelle que je mène à la cravache et qui, certains soirs, l'odeur du crottin en moins, ressemble à un concours d'attelage. Mais bonheur, aussi, parce que vous avez eu la générosité ou l'indulgence de choisir mes *Perspectives cavalières*, et parce que mon émotion est interprétée par mon grand-duc préféré. J'ajouterai même, si madame la présidente de la Fédération m'y autorise, quelques appréciations personnelles : le bouleversant spectacle de Bartabas, *Loungta, les chevaux de vent*, et l'admirable exposition de l'Institut du monde arabe auraient bien mérité, je trouve, ce Pégase de l'œuvre culturelle. Quant à *Fanfan la Tulipe*, on ne s'étonnera pas que je lui préfère l'original, celui de Christian-Jaque avec Gérard Philipe. (Petite parenthèse : Gérard Philipe, qui n'était pas cavalier, refusa de se faire doubler pour les cavalcades. Car il feignait très bien de savoir galoper. Son professeur d'équitation eut, après le tournage, ce mot que je trouve admirable : « Gérard était si bon comédien que son cheval croyait qu'il savait monter. ») J'essaie, pour ma part, d'écrire aux trois allures, pas, trot, galop, et de monter comme on travaille une page, avec exactitude, patience et surtout gratitude. Ce prix pousse à continuer d'appliquer chaque jour la devise de Nuno Oliveira : « Il faut monter beaucoup, tout en ne laissant pas les livres se couvrir de poussière sur les étagères. » C'est la raison pour laquelle je dédie ce Pégase à Eaubac, mon trotteur français à l'œil de biche, au col de cygne et au poil de fauve. Je lui dois mon inépuisable, mon enfantine joie de vivre. »

19 septembre

Jean Rochefort me téléphone : « Je vous ai regretté à Jardy ! » Je lui demande des nouvelles de son dos. « Mon médecin m'autorise cette semaine deux minutes en selle. » Je lui souhaite qu'elles durent une éternité.

29 septembre

Pour ses *Musicales* annuelles, le Cadre noir présente un carrousel rythmé notamment par le *Don Juan* de Mozart, les *Suites* de Bach et la *Marche militaire* de Schubert. Je me souviens que, pendant l'hiver glacial de 1990, Rostropovitch avait enregistré les *Suites* de Bach dans la basilique de Vézelay, au sommet de la colline inspirée d'où Bernard de Clairvaux, en 1146, prêcha la croisade. Pendant des nuits entières, le déambulatoire de l'abbatiale romane résonna au son rauque du violoncelle que l'interprète tenait, tel un pur-sang, entre ses jambes arquées. Pour s'élever jusqu'à Dieu seul sait où, l'art de Rostropovitch réclamait cette nef, cette voûte en berceau, ces arcs doubleaux noir et blanc, ce lieu plein d'âme et de chauves-souris. Même les pierres ont des oreilles. Surtout les vieilles pierres. Quand elles sont comblées, elles vibrent.

Il est vain de chercher à savoir quelle musique entendent les chevaux. Mais je sais qu'ils prêtent l'oreille à celle qu'écoutent leurs cavaliers. Cette *Suite* de Bach, elle descend en effet le long des étrivières aussi doucement qu'elle montait, vibrante, le long des colonnes de Vézelay.

On dirait que les hommes ont inventé la musique pour faire danser les chevaux et sont devenus cavaliers pour donner du rythme à la musique. Aux écuyers du Cadre noir, ces dons Juans qui ont la main fixe, la jambe droite et, sous l'austère tunique, un cœur d'une infinie délicatesse, Mozart donne de l'allégresse, Haendel de la grandeur, Purcell de la fierté, Pachelbel de la mélancolie et Schubert, du mystère. Ces sentiments mêlés, ils les restituent avec grâce à leurs montures, qui le leur rendent bien. Car l'on ne sait plus, des musiciens, des écuyers ou des chevaux, lesquels mènent ce bal qui nous éblouit et nous émeut tant.

Au répertoire baroque, qui fut jadis dédié aux rois, le Cadre noir ajoute ses propres instruments, les cuivres mutins des mors de bride, le joli feulement des cuirs bien cirés, le souffle régulier des naseaux, la caresse des sabots sur le sable, et cet orchestre de chambre ou plutôt de manège improvise chaque soir une symphonie différente.

À la fin des carrousels qui exaltent l'harmonie de l'homme et du cheval, il faut bien écouter la nuit angevine, même son silence est plein de musique. Elle accompagne encore les danseurs étoiles dans leurs boxes et les brillants écuyers dans leurs rêves. À nous, elle laisse déjà la nostalgie d'une beauté furtive dont on a eu le privilège d'être les témoins ébaubis.

11 octobre

Une fois encore, je suis membre du jury du festival Epona, à Cabourg. J'aime cette occasion qui m'est donnée, chaque année, de pouvoir visionner les documentaires consacrés au cheval sur les chaînes de télévision française et étrangères. Cette fois, trois ou quatre films m'ont enthousiasmé : un magnifique portrait de Général du Pommeau tourné, au son d'une fanfare fellinienne, dans la baie du Mont-Saint-Michel ; un reportage passionnant sur les petits jockeys de Saigon, ces gamins qui perpétuent les courses de jadis, au temps lointain des colonies ; et puis le film bouleversant d'Homéric sur Ourasi à qui nous avons attribué le trophée en or.

Dans son royaume de verdure et sa robe dorée, le vieux monarque n'a donc pas abdiqué son prestige. Il arrache les herbes hautes, mange des pommes, se laisse caresser par de jolies femmes, chasse les mouches avec sa queue et parle aux oiseaux. C'est un sage. De sa gloire d'antan, il a gardé un port de tête altier, l'œil fulgurant du vainqueur, des caprices de star et surtout la démarche aérienne — une manière très particulière, indescriptible, magique, de voler au-dessus de la piste. Il s'appelle Ourasi. Pas un cheval, un mythe. Lourd de cinquante-huit victoires dont quatre prix d'Amérique (record inégalé). Un mystère, aussi. Volontiers fainéant, il était capable, dans l'ultime ligne droite, d'accélérations foudroyantes. Jusqu'à la fin des années quatre-vingt, ses exploits ont déplacé les foules sur les champs de courses et ses problèmes urinaires ont fait la une des journaux.

Âgé aujourd'hui de vingt-trois ans, retiré des courses depuis treize, coulant des jours paisibles en Normandie, Ourasi, ce vieux beau, plaît toujours. On l'attelle encore pour des présentations et des tours d'honneur. Ses admirateurs se pressent sur l'hippodrome de Cagnes-sur-Mer pour caresser la fière encolure et le musculeux poitrail du crack qui a tant fait battre les cœurs. Tous les grands rois ont eu leur biographe. Le Henri Troyat d'Ourasi s'appelle Homéric. Cet ancien jockey devenu romancier lui offre, avec la complicité de la réalisatrice Jackie Bastide, un beau portrait télévisé ainsi qu'une reconnaissance de dettes. Car il doit à ce cheval d'être devenu écrivain. Avec un lyrisme imagé qui est sa marque, Homéric retrace la vie de ce trotteur français né chez de pauvres roturiers normands mais dans les veines duquel coulait du sang royal, celui de Gélinotte. Il décrit le caractère entier de cet animal étrange et somptueux qui ne supportait ni le troupeau des hommes ni le peloton de ses congénères. Je découvre Jean-René Goujon, cheveu blanc et larme à l'œil, le driver qui a conduit l'alezan brûlé de victoire en victoire ; Olivier Barbanchon, le lad qui a, pour le champion à la retraite, des gestes d'amant et qui continue, en sulky, de le promener sur les chemins buissonniers ; et enfin celle qui l'a élevé et ne l'avait jamais revu après que des investisseurs le lui eurent enlevé. Dans une émouvante scène finale, elle retrouve son « bébé », dont elle embrasse le chanfrein busqué en pleurant. On pleure beaucoup dans le monde des chevaux.

Des images d'archives restituent, avec la voix ivre de Léon Zitrone et le visage régalien de François Mitterrand, la geste héroïque d'Ourasi mais aussi les scènes d'hystérie collective que provoquait chaque fois son entrée sur la piste. Arrêté au sommet de sa légende, le cheval commence alors sa carrière d'étalon. Les haras du monde entier se disputent la précieuse semence de Pégase. On lui offre jusqu'à cent trente juments par an. L'entier les honore avec fougue, sans jamais oublier de leur croquer l'oreille. Seulement voilà, Ourasi est stérile. Le roi n'aura pas de descendance. « Un joli pied de nez à tous les investisseurs, conclut Homéric, qu'il avait contribué à tant enrichir. »

De n'être plus un enjeu ni un placement donne au trotteur jadis si acariâtre une douceur et une mansuétude insoupçonnées. D'être admiré pour ce qu'il est, et non pour ce qu'il vaut, semble même ajouter à sa superbe. « Les vieillards meurent parce qu'ils ne sont plus aimés », écrivait Montherlant. Ce film l'atteste : embrassé, câliné, pansé, fêté et gavé de pommes à couteau, l'intrépide a de beaux jours devant lui.

Dans l'Olympe équestre, la France a eu Ourasi et l'Amérique, Seabiscuit. La semaine même où la télévision diffuse le portrait du premier, le cinéma affiche dans trois cents salles l'histoire follement romanesque du second. Comme Ourasi, Seabiscuit était du genre flemmard et avait gros appétit. Ce pur-sang ne payait pas de mine. Acheté par un réparateur de bicyclettes qui avait fait fortune dans l'automobile, entraîné par un chuchoteur doublé d'un rebouteux, monté par un jockey borgne et fou de Shakespeare, l'improbable cheval est devenu un champion. Il a surtout incarné dans les années trente la revanche des victimes du krach de Wall Street, la preuve vivante qu'on peut naître cagneux sur la côte Ouest et battre, sur la côte Est, les cracks des nantis. Le film de Gary Ross, *Pur-sang*, avec l'excellent Tobey Maguire dans le rôle du jockey, pèche par son inutile longueur, mais impossible de n'être pas sensible à la reconstitution de la course du 1er novembre 1938. Ce jour-là, Seabiscuit, transporté dans le Maryland par un train spécial, humilie War Admiral, le prétentieux cheval des riches. Mieux qu'une course légendaire, un match social et historique à la veille duquel le président Roosevelt dut appeler le pays au calme. Fatigué d'être une idole, Seabiscuit s'est éteint en 1947, à l'âge de quatorze ans. C'est le cœur qui a lâché.

18 octobre

J'avais lu autrefois *L'Immoraliste*. J'étais jeune. Je ne connaissais pas encore le pays d'Auge. En le relisant aujourd'hui, sous le toit de chaume de notre maison, je découvre avec étonnement et bonheur que toute la deuxième partie du roman de Gide, achevé en 1901, se passe ici, « entre Lisieux et Pont-l'Évêque, dans le pays le plus ombreux, le plus mouillé que je connaisse. De multiples vallonnements, étroits et mollement courbés, aboutissent non loin à la très large vallée d'Auge, qui s'aplanit d'un coup jusqu'à la mer ». Un peu plus loin, le narrateur retrouve le plaisir, qu'il avait négligé depuis son enfance, de monter à cheval. « Nous prîmes l'habitude de sortir un peu chaque jour ; de préférence nous partions de grand matin, dans l'herbe claire de rosée ; nous gagnions la limite des bois ; des coudres ruisselants, secoués au passage, nous trempaient ; l'horizon tout à coup s'ouvrait ; c'était la vaste vallée d'Auge ; au loin on soupçonnait la mer. Nous restions un instant, sans descendre ; le soleil naissant colorait, écartait, dispersait les brumes ; puis nous repartions au grand trot ; nous nous attardions sur la ferme ; le travail commençait à peine ; nous savourions cette joie fière, de précéder et dominer les travailleurs ; puis brusquement nous les quittions ; je rentrais à La Morinière, au moment que Marceline se levait.

« Je rentrais ivre d'air, étourdi de vitesse, les membres engourdis un peu d'une voluptueuse lassitude, l'esprit plein de santé, d'appétit, de fraîcheur. Marceline approuvait, encourageait ma fantaisie. En rentrant, encore tout guêtré, j'apportais, vers le lit où elle s'attardait à m'attendre, une odeur de feuilles mouillées qui lui plaisait, me disait-elle. Et elle m'écoutait raconter notre course, l'éveil des champs, le recommencement du travail... Elle prenait autant de joie, semblait-il, à me sentir vivre, qu'à vivre. »

À l'exception de « la joie de dominer les travailleurs », j'aime, dans ce texte, le romantisme suranné, l'abus des points-virgules, l'idée qu'on apporte jusqu'au lit, où une femme vous attend, « une odeur de feuilles mouillées » et, par-dessus tout, l'étrange sentiment qu'il me procure d'être, à cheval dans la campagne, au milieu des pommiers noueux et des vaches molles, un exact contemporain de Gide. Ce pays, c'est désormais le mien, inchangé en un siècle, identique en plongée, et immémorial en sous-bois.

19 octobre

Les idées reçues sont mauvaises conseillères. J'en connais beaucoup pour qui Deauville se réduit au festival du cinéma américain comme, à les en croire, Lisieux se consacrerait exclusivement au pèlerinage de sainte Thérèse et à la foire aux picots. Plus qu'une autre, cette région est victime de quelques préjugés tenaces. Et pour cause : ils sont fabriqués, sous cellophane, par les Parisiens pressés qu'une autoroute conduit directement des grands boulevards aux planches, du bureau à la plage et, sur l'air de *chabadabada*, du raccourci au cliché. Le cliché a été inventé pour rassurer l'homme moderne. Cela lui épargne d'écouter le silence et lui évite de se perdre, en chaussures de ville, sur les chemins buissonniers.

Or, pour goûter le pays d'Auge, il faut s'y perdre, et même s'y oublier. C'est un pays bocager et fluide qui ne se donne pas, mais se mérite. On met des années à en percer le secret. Pour ma part, je l'ai approché dans les livres, j'y suis entré à pied, je l'ai apprivoisé à cheval, et je m'y suis accordé en musique. Je conseille, pour Trouville et Pont-l'Évêque, la compagnie de Gustave Flaubert ; pour Villers, celle d'Emmanuel Berl ; pour Ouilly-du-Houley, celle de La Varende ; pour Honfleur, celle d'Alphonse Allais ; pour Équemauville, celle de Françoise Sagan ; et pour la région vallonnée qui descend de Lisieux vers Blangy, la lecture de *L'Immoraliste*, d'André Gide.

J'aime, sur cette terre fertile, la culture qui ne se montre pas trop et se réserve, féminine, à ceux qui savent la dénicher au milieu d'une nature dessinée ainsi qu'une marine de Boudin ou une plage de Pécrus. Car, entre Cabourg et Beaumont, Roques et Cambremer, il faut savoir lire l'architecture d'un haras, les allées de buis d'un château, la lumière blonde d'un pressoir, comme on ouvre un cahier de Paul Valéry, déchiffre une partition de Bach, se laisse conduire au fond des bois par un trotteur français, et mutin. « Quand je pense à tous les livres qu'il me reste encore à lire, écrivait Jules Renard, j'ai la certitude d'être encore heureux. » Moi, quand je pense à tous les chemins du pays d'Auge qu'il me reste à découvrir au petit trot entre les lignes d'imprimerie et les haies de mûriers, j'ai la certitude d'être encore heureux.

20 octobre

Dans un bruit de papier froissé, un froufrou d'écrivain, les pieds d'Eaubac soulèvent, en forêt, de successifs tapis de feuilles mortes. À travers les arbres, la lumière oblique fait briller son poil d'hiver, le fauve vire au doré. Je le caresse en marchant. Il retourne sa tête avec tendresse. Si les gens savaient comme on est bien, tous les deux, au fond des bois, ils m'éviteraient encore davantage.

25 octobre

Eaubac est raide sur le plat. Je peine à l'incurver. Il résiste, j'ai le tort de forcer. Il est plus puissant que moi. Je m'énerve en vain. Il le sent. Je me déteste. Je comprends mal d'où vient qu'il ait perdu la souplesse de cet été. Je suis d'autant plus étonné que, la semaine dernière, l'étiopathe est venu le manipuler et *l'attendrir*.

Cathy aussi le trouve raide et s'interroge. Elle a soudain l'idée de substituer la bride aux rênes allemandes. Eaubac est d'abord surpris par cette double embouchure. Et puis il s'y fait, joue peu à peu avec le gros bonbon de métal, s'incurve, accepte la descente de main. L'effet est spectaculaire. À condition de ne pas en abuser, d'alterner le filet simple, les rênes allemandes et puis la bride, il me semble qu'on est sur le bon chemin.

(Le grand avantage de la bride : elle corrige aussi mes défauts, allège ma main, m'oblige à demander à Eaubac de se tenir seul, de cesser de croire que je suis là pour le porter.)

26 octobre

Longue promenade dans la plaine du Faulq. Temps sec et froid avec un ciel de marbre gris. Au loin sonnent les cloches d'une église de campagne. On croise des chevreuils au galop, qui fuient des chasseurs. Eaubac n'a plus peur des coups de feu. Je crois que si j'aime tant ce paysage augeron, les paysages de France en général, si je suis à ce point ému par cette vieille terre qu'on foule au petit trot, c'est que tout le reste a disparu. Je ne reconnais plus mon pays dans ce que j'écoute à la radio, ce que je lis dans les journaux et les livres, ce que j'entends dans les conférences de rédaction. Seul le paysage dessiné en plongée me rappelle, au crépuscule, ce qui a été et bientôt mourra. Je ne suis pas triste. Je ne regrette rien. En selle, je cède simplement au plaisir doucereux, sucré, de la mélancolie.

27 octobre

La première fois que j'ai rencontré Émilie Deleuze, c'était en septembre 1999, dans un café de la place de la Bourse. Un gros sac de sport au pied, elle avait commandé un Cacolac en se promettant d'arrêter de fumer. Elle ne faisait que passer à Paris. En coup de vent. Car son bonheur est dans le pré, là-bas, du côté de Limoges, où l'attendent ses deux enfants, son mari scénariste et un indocile poney. La fille du philosophe spinoziste, qui s'est suicidé en 1995, aime la vie au grand air et les exercices physiques. Lui pratiquait la pensée en cavale, elle cultive le corps en mouvement. « J'avais avec mon père une entente d'autant plus parfaite que, de lui, je n'attendais rien d'autre que de l'affection. On différait sur tout, je préférais Lorenz à Leibniz, on ne voyait pas les mêmes films et je ne voulais pas qu'il se mêle de ce que je voulais être. » Émilie Deleuze ou l'anti-Œdipe.

Elle a six ans quand elle découvre les chevaux. Un professeur, qui ne tarde pas à se prendre pour son père, la met en selle et lui trouve des dons précoces. « Je ne pensais qu'à monter, se souvient-elle, écarquillant ses yeux bleus comme des oranges. Je rêvais de faire de l'équitation mon métier. » À douze ans, Émilie jolie sort en compétition officielle. Elle choisit le complet, la discipline des têtes brûlées. Derrière les lices blanches et sous son chapeau noir, l'auteur de *Rhizome* se tracasse pour sa petite lorsqu'elle aborde un mur au grand galop. Il a raison. Les accidents se succèdent. Un de ses chevaux meurt sur le cross d'un arrêt cardiaque. L'autre, après s'être coupé les tendons sur un rondin, s'est vidé de son sang tout au long du parcours, sans qu'Émilie s'en aperçoive, pour s'écrouler après la ligne d'arrivée. À dix-sept ans, elle a donc cessé la compétition et claqué la porte des écuries avec cette rage silencieuse qu'ont les jeunes filles blessées d'avoir trop aimé.

Elle décide alors de faire *peau neuve*. Ou plutôt, on décide pour elle. On, c'est une bande de copains qui tourne autour de l'Idhec et avec laquelle elle traîne dans Paris. Les filles de sa promotion s'appellent Noémie Lvovsky et Solveig Anspach. Dans son premier court-métrage, *L'Homme faible*, son père interprète un clochard. Elle aime Kurosawa, « à cause des chevaux », et les premiers Peckinpah. Elle a le goût du cinéma sans en tirer, comme son père, une théorie. À peine a-t-elle ouvert *L'Image-mouvement* et *L'Image-temps*. Le hasard la conduit à Rome où, pendant une semaine, elle assiste Fellini sur le tournage de *E la nave va*. Les herbes étaient hautes, à Cinecittà, des décorateurs passaient à vélo en tenant dans les bras des têtes de rhinocéros, c'était merveilleux.

Lorsque, un jour, un projet sur lequel elle travaillait échoue, Émilie entre dans une colère noire. Au pied de son immeuble parisien, dans un fracas d'apocalypse, on construit un parking depuis deux ans. La rage la prend, le bulldozer l'inspire. Mais aussi la pelleteuse, avec son bras arachnéen, et la grue au cou de girafe qui n'en finit pas. Elle découvre avec ravissement qu'au Japon, on dessine des prototypes en forme de coléoptères transparents. Comme ses héros, elle part s'installer à Égletons, en Corrèze, dans un centre où l'on forme les conducteurs d'engins et où elle-même s'initie, ivre d'autorité, à la maîtrise d'un Caterpillar D 11 ou d'une Liebherr D 940. « Pour les manœuvrer, me dit-elle, il ne faut pas user de la force mais de finesse. » On dirait qu'elle parle des chevaux. *Peau neuve* vient de naître.

Dans ce film, Émilie Deleuze fait se rencontrer ces machines organiques, vivantes, et ceux que son père appelait des « machines désirantes » : les hommes. Alain (Samuel Le Bihan) est un testeur de jeux vidéo qui, abandonnant sa femme et sa fille, décide soudain de changer de vie : Manu (Marcial Di Fonzo Bo), célibataire, est un illuminé, un merveilleux idiot. Elle filme cette amitié, hors du temps social et de l'espace sexuel, entre un homme mûr qui retombe en enfance et un jeune homme qui accède à l'âge adulte. Deux acteurs exceptionnels pour une camaraderie qui rappelle celle, légendaire, de Gene Hackman et Al Pacino dans *L'Épouvantail*, de Jerry Schatzberg. Elle y ajoute un humour qui n'appartient qu'à elle et une poésie légère comme le bras d'une pelleteuse ramassant, sur le sable, un œuf frais.

De la cavalière qu'elle fut, Émilie a gardé le dos droit, une coupe blonde de garçonne, des mains faites pour sangler, un regard franc, une manière de parler vite, sans chichis, sans se prendre la tête. « Je ne serai jamais une intello. Je ne suis pas à l'aise avec un stylo. Le cinéma ressemble à l'équitation, c'est travailler en plein air avec du vivant, accepter l'imprévisible et ne plus se soucier de soi. »

Les chevaux, elle les a longtemps montés. Maintenant, elle les contemple. Elle peut passer des heures à les observer en liberté dans la campagne. C'est une mécanique qui la fascine, une puissance qui la trouble, une beauté qui l'impressionne. « Plus le milieu du cinéma est dur, plus les chevaux me réconfortent », me dit-elle, comme pour se justifier.

Quatre ans ont passé depuis notre rencontre. *Mister V.*, son deuxième film, sortira le 12 novembre. C'est la version animale de *Peau neuve*. Deux frères hypnotisés par un étalon psychopathe. Une bête magnifique, mais indomptable. Qui ronfle dans son box tel un lion en cage, mord, tape, et peut sauter un mur en parpaings haut de deux mètres. D'un coup de pied, il fracasse le crâne de Luigi (joué par Patrick Catalifo). Au lieu de le faire piquer, son frère Lucas (Mathieu Demy) décide de garder Mister V. Il a même la prétention de pouvoir amadouer le fauve. À la manière de Géricault qui passait des journées chez Franconi pour tenter de reproduire le mouvement du galop, Lucas, scientifique professionnel et danseur amateur, est captivé par la grâce tératologique de cet entier frondeur. Il l'observe amoureusement au pré, l'accompagne au piaffer en jouant des claquettes sur le sol de l'écurie, dort dans un lit de camp au pied de son box. Plus que le polar (Mister V. est victime d'une arnaque aux assurances), plus que la romance (la liaison entre Lucas et sa belle-sœur), c'est la relation obsessionnelle, d'une troublante sauvagerie, entre ce cheval meurtrier et cet homme désespéré, entre ce dominant et ce dominé, qui donne à ce film, tourné au culot, une violence dostoïevskienne.

Au téléphone, elle me reproche d'avoir tardé à lui dire que j'aimais son film. Elle s'inquiétait. Elle a soudain une voix de jeune cavalière pleine de trac. Elle me touche.

« Mon père aurait été terrifié par Mister V., me dit-elle soudain. J'ai pensé à lui pendant tout le tournage, qui fut très difficile et même dangereux. Il me manque. » Au cours du montage, elle a épinglé cette citation de Faulkner, un auteur auquel son père l'avait initiée : « Kill your darlings ». On voit par là qu'Émilie Deleuze se méfie des émotions. Elle aime filmer, avec une rugosité de lad, des histoires viriles où les hommes tombent et finissent par avouer une enfantine fragilité. Ce sont des faux durs, comme les chevaux.

31 octobre

Le cheval a non seulement la vertu d'abolir le temps mais aussi la faculté d'effacer les frontières. On est cavalier aujourd'hui comme on l'était hier, et même avant-hier ; c'est une passion qui, mine de rien, flirte avec l'éternité.

Quant à la ligne de démarcation qui prétend séparer la haute de la basse Normandie, si elle est prise avec le plus grand sérieux par l'administration française, elle fait rire tous les fous d'équitation et les usagers du pont de Tancarville sur lequel on compte, le dimanche, plus de camions et de vans que de voitures. Que je travaille mon cheval dans une carrière de sable du pays d'Auge, que je trotte dans les forêts du pays d'Ouche, que je saute des obstacles dans le venté pays de Caux, que je galope dans la baie du Mont-Saint-Michel ou dans la plaine de Caen, je suis et reste en Normandie où l'herbe est riche et l'élevage, prolixe.

Après Flaubert, à la fois haut et bas Normand, puisqu'il naquit à Rouen, aima sur la plage de Trouville et travailla à Croisset, le cheval plaide, mieux que les politiques, pour la réunification. Il est même en passe de voler, à la vache laitière assoupie sous un pommier en fleur, son statut symbolique. Il suffit de se promener entre Dieppe et Granville pour constater combien, désormais, le fringant l'emporte sur le ruminant, le hennissement sur le meuglement. On ne voyait jadis que des bovins en troupeaux, on ne voit plus que des chevaux en liberté. Les seconds ayant besoin de cinq fois plus d'herbages que les premiers (il faut, en moyenne, deux hectares pour un seul cheval alors qu'un hectare suffit à contenter trois vaches), le paysage normand ne cesse d'évoluer, de s'agrandir, de s'élargir, de s'alléger. C'est devenu un immense paddock.

J'ai grandi dans le Bessin, du côté de Saint-Laurent-sur-Mer où l'architecture grise et froide annonce déjà la Bretagne. Je vis aujourd'hui près de Pont-l'Évêque, dans un pays d'Auge à chaume et à colombages plus coquet que le plateau aride du Débarquement. Je galope volontiers sur la plage de Deauville comme mon père galopait sur le sable d'Omaha Beach. Et quand, depuis le centre hippique du Brévedent, je pars en forêt sur le dos d'Eaubac, j'emprunte un sentier qui se trouve dans le Calvados, Basse-Normandie, et débouche, trois kilomètres plus loin, dans un champ de l'Eure, Haute-Normandie. Nous avons passé la frontière sans nous en rendre compte. La vérité est qu'elle n'existe pas.

3 novembre

Déjeuner au journal, place de la Bourse, avec Jacqueline Reverdy. Elle est la seule femme, en France, à présider une fédération olympique. Rien ne l'y prédisposait : ex-militante du PSU, elle s'est longtemps consacrée aux enfants handicapés et au transport des personnes à mobilité réduite. Elle fut une cavalière tardive (à trente et un ans) que la passion du cheval a conduite à la formation des moniteurs d'équitation en Île-de-France. En 1998, elle succède au champion olympique Pierre Durand, cavalier du petit, noir, fringant et légendaire Jappeloup. Elle n'a pas d'ambition personnelle, elle n'en a que pour les sports équestres et la Fédération dont elle gère le budget annuel de vingt-deux millions d'euros. Chahutée à ses débuts par ses propres instances, presque toutes masculines, elle réforme les statuts, travaille à rendre plus populaire l'image du cheval, et surtout motive l'équipe de France, qui n'en finit pas d'engranger les médailles en sauts d'obstacles, complet, voltige et endurance.

« Après les championnats du monde de Jerez,

en septembre 2002, où la France a obtenu quatre médailles d'or, deux d'argent et une de bronze, me dit-elle, j'ai demandé un sondage dont les résultats ont prouvé que personne, en effet, ne connaissait nos cavaliers victorieux. C'est dû à la télévision qui, hors les chaînes câblées, boude l'équitation. Cela fait trois ans que je fais le siège de la télévision où l'on me répond qu'il faut faire de l'audimat. Or, pour qu'un sport soit populaire, il faut qu'il soit télévisé, et pour être télévisé, il doit être populaire. Et s'il est peu télévisé, il est peu sponsorisé. C'est un cercle vicieux. Pour mieux développer l'image du cheval, je voudrais que le haras de Jardy devienne pour l'équitation ce que Roland-Garros est au tennis : un lieu emblématique et le siège des grandes compétitions internationales. Je suis en pourparlers avec la mairie de Paris pour créer une Maison du cheval. J'ai demandé à Jean Rochefort de concevoir une mise en scène plus moderne pour les concours hippiques. Je voudrais créer un Téléthon à cheval et je m'associe à toutes les formidables expériences de thérapie par le cheval. Et j'écris souvent à Bruxelles pour me plaindre : pourquoi l'Europe parle-t-elle tous les jours de la viande de cheval mais jamais des chevaux vivants ? »

Jacqueline est bien dans sa peau, bien à sa place : en France, les trois quarts des licenciés sont des femmes et, pour la seule tranche des quinze-seize ans, on frôle les 83 %. Bientôt, à cheval, les hommes détonneront. L'histoire s'inverse au grand galop.

11 novembre

Longtemps, j'ai négligé la Normandie. J'y avais pourtant passé toutes mes vacances d'enfance et d'adolescence. J'en avais gardé le souvenir très vif de persistants parfums, un mélange d'algues et de noisettes, de pommes à couteau et de crevettes grises ; le souvenir, aussi, d'une mélancolie douce que la pluie fine attendrissait et, parfois, excusait.

J'ai quitté le Bessin à la fin de mon adolescence, après la mort de mes grands-parents. J'avais beaucoup lu Stendhal, et j'avais soudain besoin de soleil, d'Italie et de Midi. J'ai suivi les lignes du cœur, rencontré Anne-Marie et trouvé dans sa maison de Ramatuelle, au milieu des vignes et des pins parasols, ce qui se rapproche le plus du bonheur de vivre. Être nu sous le soleil brûlant, insoucieux dans une mer tiède et indulgente, dormir la fenêtre ouverte sur les branches du platane, écouter la nuit stridente au creux d'un hamac, tout cela, qui m'était si étranger, je crois bien que je l'ai savouré en *normand.* En sachant que c'étaient une félicité provisoire, un éblouissement qui m'était accordé, une lumière qui m'était prêtée, une parenthèse.

J'ai toujours pensé, en effet, fût-ce au plus chaud de l'édénique été varois, que la Normandie était mon pays. Pourtant, je n'y suis pas né, je n'ai fait qu'y grandir. Mais c'est le paysage de mes regrets. Certains matins, Eaubac me montre la direction de l'enfance, tout droit, là-bas, derrière la pointe rocheuse. Il m'arrive alors de croire que la Côte fleurie touche la Côte de Nacre. Car j'ai retrouvé mon Calvados. C'était à la fin des années quatre-vingt. J'avais trente ans et des poussières. Anne-Marie réclamait de la fraîcheur, du vert pomme et des nuages pommelés. Nos trois enfants voulaient des poneys, des vélos, des gaufres, et rire aux éclats dans les bourrasques. Le pays d'Auge nous a conquis. C'est le Bessin de ma jeunesse, en plus amène.

Nous avons vécu d'abord à Trouville, dans une maison de pêcheur, et puis à Fauguernon, un hameau sur les hauteurs de Lisieux, et maintenant dans un petit village aux portes de Pont-l'Évêque. Au pied de notre pressoir coiffé d'un toit de chaume coule un ruisseau mutin ; en face, sur une colline douce et boisée, d'aspect très bourguignon, courent les chevreuils et les sangliers ; c'est une campagne fruitée sous un ciel marin ; les mouettes viennent se poser dans les champs labourés. Autour de Blangy-le-Château, la Manche est entreprenante.

Il m'a fallu la Normandie de Pissarro et les

chevaux de Géricault pour commencer à écrire, sur le tard. Avant, je me fuyais, je me contournais, je feignais de courir après le temps. Ces paysages mouillés et secrets m'ont réconcilié avec moi-même. Ces animaux m'ont donné à jamais le rythme cadencé et rigoureux de la phrase française. Le cheval qui avait tué mon père est devenu mon meilleur allié. Et la Normandie qui avait gardé mon enfance me l'a rendue, intacte, à l'âge adulte. Elle a fait de moi, du moins telle est mon ambition, un écrivain de la reconnaissance.

12 novembre

Il me semble que j'ai lu bien avant d'avoir appris à lire. C'est que la lecture n'a jamais été pour moi un exercice culturel mais une fonction naturelle, comme manger, boire, dormir, respirer. Tout jeune, je ne me posais pas la question de savoir pourquoi je lisais d'une manière si compulsive. Tout simplement, je dévorais. C'est d'ailleurs à la lecture — un privilège inouï doublé d'une illusion dangereuse — que je dois d'avoir écrit tard : longtemps, en effet, disons jusqu'à la fin de l'adolescence, je croyais avoir rédigé moi-même les pages que j'avais tant aimées ; j'étais de ces lecteurs qui, par métonymie voire métempsycose, finissent par se confondre avec l'auteur, ce double idéal qui les exprime si bien.

J'ai appris, ensuite, à écrire ce que j'avais envie de lire. En somme, j'écris désormais pour le jeune lecteur, l'inconsolable rêveur, que j'ai été autrefois. Et je monte pour le père qui, à cheval, m'impressionnait tant.

14 novembre

Quand je me promène avec Eaubac, il y a toujours cet instant si mystérieux, si émouvant, si beau, dont le sens m'échappe. On est au pas, tranquilles, heureux. C'est alors qu'il s'arrête. Les rênes sont lâches. Lentement, sa longue encolure s'incurve à l'horizontale et sa tête se tourne vers moi. Ses yeux cherchent les miens. Que me dit-il, que me demande-t-il ? Je ne sais pas. C'est comme s'il voulait s'assurer de ma présence. Ou comme s'il voulait que je m'assure de sa complicité. Je le caresse entre les oreilles. On repart au pas. Il y avait de la grâce dans son regard furtif. Et un peu, comment dire, d'inquiétude.

15 novembre

Comme tous les ans, au seuil de l'hiver, Eaubac est tondu. Sa robe bai clair devient foncée et laisse apparaître la savante géographie de ses muscles, la topologie gracquienne de ses veines.

Sa peau de velours est si tendue qu'on dirait celle d'un animal empaillé par un taxidermiste.

16 novembre

Alors qu'on travaillait dans la carrière rendue boueuse par de grosses chutes de pluies, Eaubac, à qui j'avais bêtement oublié de mettre ses cloches, s'est marché dessus et déferré. Je lui enlève le fer tordu. Mais il semble boiter et souffrir. Cathy lui fait un gros pansement, coton et sparadrap.

17 novembre

Eaubac boite toujours. Du moins sur le dur. Dans le manège, dont le sol est tendre, il est en revanche presque droit. Mais dès que je le marche dans l'allée, il trébuche sur son pied blessé. Le poinçon a dû s'enfoncer dans la corne. Je crains l'abcès. Et le maréchal qui ne peut pas venir avant trois jours...

18 novembre

Longue conversation, au journal, avec Patrick Modiano qui est venu m'apporter un article que je lui avais demandé sur un livre de photos de stars des années cinquante. Il me demande ce que je suis en train d'écrire, je lui raconte

Bartabas, roman. Il est intrigué par la manière dont le chef de la tribu Zingaro s'est inventé un personnage et a réussi à effacer totalement sa première identité. Il m'avoue envier cette métamorphose. Il parle de Bartabas comme d'un héros de roman. On en vient aux chevaux, évidemment. Il se souvient avoir monté quand il était jeune. « Mais j'étais trop grand pour devenir un vrai cavalier », ajoute-t-il avec tristesse, du haut de son mètre quatre-vingt-douze. Les chevaux l'émeuvent terriblement. Il les associe au bois de Boulogne, au film en noir et blanc d'Yves Allégret, *Manège*, avec Simone Signoret et Bernard Blier, et surtout à la traversée de Paris des bêtes fatiguées qu'on menait en file indienne dans le petit matin jusqu'aux abattoirs de Vaugirard.

21 novembre

L'équité de l'équidé.

23 novembre

Eaubac referré. Il est encore sensible mais ne souffre plus. On reprend doucement le travail, sans forcer. Depuis sa blessure, en m'évertuant à ne pas passer devant son box, je le « trompe » avec deux autres chevaux du club, Baronne et surtout Gabin. Ce dernier, un selle français de dix ans, m'a offert des appuyers au galop et un moelleux dans la selle auquel je suis si peu habitué que j'ai l'impression d'être sur un nuage. À côté, Eaubac paraît d'une raideur compassée. Trotter assis avec lui demande parfois d'avoir le flegme d'un fakir. C'est tout mon problème : outre que je m'obstine à être fou amoureux d'un cheval inconfortable, je n'éprouve aucun sentiment pour les chevaux merveilleux qui donnent aussitôt ce qu'on leur demande.

28 novembre

Déjeuner avec Bartabas dans un restaurant chic de la porte d'Auteuil. Le voyant entrer, avec sa dégaine et ses frusques de mauvais garçon, le maître d'hôtel le met dans un coin, à une table peu visible de la clientèle huppée du quartier. Vexé, il appelle de son portable le restaurant et décline son identité. Flatté et servile à la fois, le même maître d'hôtel lui trouve aussitôt la meilleure table. On éclate de rire.

Après le déjeuner, on se rend au Salon d'Art équestre avec nos amis Homéric et Jean-Louis Gouraud, au milieu des œuvres réalisées par des peintres et des sculpteurs animaliers. Même à pied, la bande des hommes de cheval est très soudée. Les gens à qui je dédicace *La Chute de cheval* me demandent immanquablement des nouvelles d'Eaubac, comme si c'était un personnage célèbre et intimidant.

30 novembre

Il fait très beau et très froid. La terre est gelée dans la carrière. Une fine couche de givre s'est déposée sur les champs. Promenade sur les petites routes. J'ai mis à Eaubac un chaud couvre-reins. Mais le vent glacial, qui fouette mon visage, l'excite et l'énerve. Il trotte haut, s'agite, on dirait un sportif qui essaie de se réchauffer. Au retour, je le travaille dans le manège où les colombes, serrées les unes contre les autres, se sont réfugiées et pépient dans un froufrou soyeux.

2 décembre

Anne-Marie a raison de ne pas décolérer. Par on ne sait quelle aberration, le maréchal a non seulement brûlé les pieds de Danseur, mais il l'a en outre referré. Plus de sole ! Et des clous plantés à vif ! Le cheval souffre le martyre. Il faudra deux semaines pour que la corne repousse. On protège ses pieds avec du coton et du ruban adhésif. Décidément, ce n'est pas l'année de Danseur. Son double rêvé galope dans les si jolis livres d'Anne-Marie, mais le vrai tourne en rond dans son box.

3 décembre

Jean-Louis Gouraud, à qui rien n'échappe de ce qui est rare, m'envoie un article de *La Tribune des arts* intitulé : « Chute de cheval sur un vase étrusque ». Sur une amphore (540-520 avant J.-C) est reproduit un cheval ailé qui se cabre et désarçonne un cavalier. On a l'impression, explique le commentateur, qu'il a été frappé par la foudre.

4 décembre

Lamartine m'a toujours fait bâiller. Je tiens, avec Flaubert, que nous devons à ce psalmodiant poète « tous les embêtements bleuâtres du lyrisme poitrinaire ». Et pourtant, j'ai adoré, de l'œnologue et écrivain bourguignon Pierre Poupon, *Le Cavalier de Saint-Point*, paru chez un petit éditeur de Précy-sous-Thil, L'Armançon. À partir d'une seule et longue lettre, adressée par Lamartine, en 1838, à Léon Bruys d'Ouilly et qui servira de préface aux *Recueillements poétiques*, Pierre Poupon dialogue sans protocole avec son illustre compatriote du Mâconnais. Il aime le gentilhomme viticulteur qui retrouve dans ses vignes « les aléas du jeu » ; le cavalier qui chante en galopant toute la journée de vallées en forêts ; et le député qui proclame, après

Montaigne, que « la première tribune du monde, c'est la selle d'un cheval ». Dans cet essai d'une intemporelle gaieté, on croise au petit trot Patrice de La Tour du Pin, Jules Roy, Gustave Eiffel, le grand Buffon de Montbard, George Sand, Paul Morand, et je découvre à cette occasion un honnête homme, Pierre Poupon, pour qui lire, écrire et chevaucher empruntent au même art de vivre.

En somme, je le remercie de m'avoir réconcilié avec un poète que le cheval exalte. Extrait de la lettre du cavalier de Saint-Point : « Midi sonne ; j'entends mes chevaux caressants hennir et creuser du pied le sable de la cour, comme pour m'appeler. Je dis bonjour et adieu aux hôtes de la maison qui restent jusqu'au soir ; je monte à cheval et je pars au galop, laissant derrière moi toutes les pensées du matin pour aller à d'autres soucis du jour. Je m'enfonce dans les sentiers creux et escarpés de nos vallées ; je gravis et redescends pour gravir encore nos montagnes ; j'attache mon cheval à bien des arbres, je frappe à plusieurs portes ; je retrouve ici et là mille affaires pour moi ou pour les autres, et je ne rentre qu'à la nuit, après avoir savouré, pendant six ou sept heures de routes solitaires, tous les rayons du soleil, toutes les teintes des feuilles jaunissantes, toutes les odeurs, tous les bruits gais ou tristes de nos grands paysages dans les jours d'automne. » Un homme qui abandonne ses amis et relations pour disparaître avec son cheval me devient soudain très fraternel.

6 décembre

Chaque automne, il paraît une trentaine de « beaux livres » sur le cheval. Beaucoup sont laids. Dans un pays qui compte près d'un million de cavaliers, tout est bon, malheureusement, pour appâter le client. Et les éditeurs ont plus le souci de la rentabilité que de l'originalité. C'est ainsi que, dans des ouvrages fabriqués à la hâte, des textes approximatifs accompagnent des photographies banales. Le cheval, qui est un animal ultra-sensible, ne supporte pas ces mauvais traitements.

Quelques beaux livres échappent, cette année, à la fatalité. Le plus exceptionnel est, sans conteste, *Chevaux* qu'on doit au célèbre Yann Arthus-Bertrand, le photographe volant de *La Terre vue du ciel*. Pendant les quinze années où il a arpenté le monde, il a photographié les chevaux de toutes races, cultures, civilisations. Des petits kirghizes aux grands selles français, du gracile et si féminin étalon akhal-téké au puissant et fier lusitanien, du criollo argentin au cob normand, du lipizzan de Vienne au camargue, de la garde rouge sénégalaise à l'immaculée garde présidentielle indienne, des cow-boys montant des quarter-horses aux énormes chevaux d'attelage irlandais, Arthus-Bertrand fait de chaque photo un tableau en relief. Son principe artistique consiste à tendre une grande bâche de dix mètres sur dix derrière les chevaux et les cavaliers qu'il immortalise dans ce studio à ciel ouvert pour les mettre en scène dans une lumière douce à la limite de la pénombre. Le résultat est très impressionnant : on a vraiment le sentiment d'être en présence du cheval, de le sentir, de le toucher. Tout au long du livre court un texte de Jean-Louis Gouraud qui donne ici une histoire du cheval, des origines à nos jours, dessine la carte de ses épicentres — Eurasie, Berbérie, Orient —, raconte chaque race comme un conte de fées, explique la spécificité de chaque équitation, démontre avec mille exemples l'universalité de la passion équestre et prouve, avec émotion, qu'elle résiste au temps. Que le sort du cheval et celui de l'homme sont liés pour l'éternité.

Beaucoup ont oublié que, avant d'être réservé aux loisirs et au sport, le cheval était un outil de travail. Dans *Il y a un siècle, le cheval,* Rosine Lagier a rassemblé des photographies et des illustrations de vieux journaux. On mesure ici ce qu'enduraient les chevaux il y a seulement cent ans : épuisés en ville à tirer les omnibus et les tramways, massacrés à la guerre, aveuglés dans les mines où ils étaient descendus par les puits (en 1926, dix mille d'entre eux tractaient des wagonnets de quatre cent soixante kilos chargés de minerais et de charbon), harassés par le halage, les moissons, les vendanges, ils ne supportaient leurs souffrances que grâce à l'affection dont ils étaient l'objet. Les hommes en prenaient d'autant plus soin qu'ils ne pouvaient vivre ni travailler sans eux.

Mais le cheval était aussi un animal de plaisir : il y a, dans le livre de Rosine Lagier, mille et une anecdotes sur le cirque, les courses, la chasse, les femmes (doivent-elles monter à califourchon ou en amazone, se demande avec gravité *L'Illustration*) et quelques exploits légendaires : un homme montant une jument irlandaise est allé de Vienne à Paris en treize jours, et, lors d'un match organisé en 1924 entre un marcheur professionnel et un cheval monté par un jockey, le second capitula à cinq cent trente-trois kilomètres tandis que le premier remporta la victoire à cinq cent quarante-cinq.

7 décembre

Reçu un mot de Jean-Louis Gouraud, prince des entremetteurs : « Cher Jérôme, le colonel Salvador, commandant le régiment monté de la Garde républicaine, est un de vos admirateurs. Accepteriez-vous son invitation à déjeuner un jour, à la caserne des Célestins, et d'assister ensuite au travail en manège des gardes ? » Je réponds oui, évidemment. Je me souviens d'avoir croisé, il y a quelques années, le colonel Salvador. Ses moustaches, longues et lisses, m'avaient impressionné. On eût dit la gravure d'un gendarme du XIXe siècle.

8 décembre

À la demande de Renaud Dutreil, le secrétaire d'État à l'Artisanat, qui vient de créer le titre de « maître artisan d'art », Erik Orsenna va diriger un ouvrage collectif dont les artisans d'art seront les héros. Deux cent cinquante métiers seront traités par des écrivains, des comédiens, des cinéastes, des artistes. On me propose d'y collaborer. Sans hésiter, je réponds « le sellier ». Et j'envoie ce texte au ministre que je ne connais pas pour un livre dont j'ignore tout.

« Le sellier est, depuis la nuit des temps, le discret artisan de l'amour. Il dessine et sculpte dans le meilleur cuir l'instrument avec lequel l'homme et le cheval vont s'accorder pour faire entendre, aux trois allures, une seule et même musique. Il sait avec exactitude où l'assiette de l'un épouse le dos de l'autre ; et par quel mystérieux centre de gravité le vrai cavalier *entre* dans sa monture.

Il sait aussi que son art est paradoxal : car une bonne selle, après avoir exigé des heures de travail, doit se faire oublier et donner l'illusion que rien ne sépare les deux corps de ce couple étrange et magnifique. Fabriquée dans l'ombre avec les mains de l'artisan, elle est finie au soleil avec les cuisses du cavalier. C'est en effet un objet vivant, qui demande à être sans cesse travaillé, assoupli, peaufiné, ciré, graissé, huilé. Bien vieilli, il est très poli.

La composition d'une selle, qu'elle soit de dressage, d'obstacle ou mixte, est un savant alliage de dureté et de douceur, d'âpreté et de tendresse, d'intransigeance et de complaisance. L'arçon, qui est en bois de hêtre augmenté de pièces métalliques ou en matière synthétique, sert d'armature à l'ensemble. Il est matelassé en laine ou en mousse pour épargner le cheval et recouvert d'un siège en cuir lisse pour ne pas blesser l'homme. On voit par là que le sellier est précautionneux et l'arçon, plein d'égards.

À l'avant, il y a le pommeau, qui doit être assez relevé pour dégager le garrot. À l'arrière, au niveau du rein, il y a le troussequin. Sur les côtés, les faux quartiers recouvrent les boucles des sanglons et les quartiers favorisent la descente des jambes du cavalier. Il ne reste plus qu'à fixer les étrivières et à ajouter la sangle, que les esprits sensibles recouvrent volontiers d'un fourreau en peau de mouton.

Le sellier est donc un artiste complet. À la manière du couturier, il prend l'empreinte de la ligne de dos du cheval et les mensurations du cavalier. Avec des mains de menuisier, il façonne l'arçon dont il accomplit la délicate, l'adorable cambrure. Il connaît aussi bien qu'un tanneur la souplesse, le grain, la résistance d'un cuir. Il y a également chez lui de l'étiopathe équin — il sait combien est fragile le puissant animal qu'il va habiller —, et aussi de l'écuyer, qui n'en finit pas d'aspirer à la position idéale, à la transmission naturelle des aides, à l'équilibre parfait. Enfin, c'est un poète qui, dans son atelier, confectionne, avec de très anciens outils, le siège de notre liberté future et n'oublie jamais de laisser circuler, entre le dos du cheval et le cuir de la selle, le vent mutin de la plaine et le souffle frais du manège. Car le sellier est le seul artisan à œuvrer pour le vivant et à fonder sa science sur un courant d'air. »

14 décembre

Un week-end épuisant et enivrant comme je les aime. Samedi, longue promenade en filet simple dans la plaine avec Eaubac et travail en bride dans la carrière. Dimanche, matinée en manège, et rênes allemandes, sur Eaubac et puis après-midi sur un Gabin complaisant dans la grande carrière ventée. Six heures dans les cuisses, la tête dans les nuages, l'extase !

2004

7 janvier

J'ai visité l'année dernière la Salpêtrière avec le professeur Michel Fardeau, qui dirige le service de myologie et a été l'élève, le fils spirituel de Raymond Garcin. Mon grand-père neurologue lui avait confié sa devise : « Écoutez vos malades, ce sont vos seuls maîtres. » Je me contente d'écouter les chevaux, ce sont mes seuls maîtres.

14 janvier

Et voici que, contre toute attente, l'on est saisi par une immense mélancolie et un compassionnel attendrissement. C'est un peu comme si l'on s'était trompé d'adresse. Car on était allé à la Comédie des Champs-Élysées pour rigoler en fin de journée avec l'acteur du *Bal des casse-pieds* et de *Les vécés étaient fermés de l'intérieur*, pour entendre le grand duc claironner « le 22 à Asnières » et pour le voir mimer, face public, « la 2 CV de ma sœur » sur un air coquin de Satie — ce Debussy fêlé. Fernand Raynaud, c'étaient en effet de la bonne blague d'autrefois, des sketches épais et saignants, de l'humour des familles que nos parents, en s'esclaffant, écoutaient grésiller sur des trente-trois tours fatigués. Oui, sacré Rochefort ! on allait bien s'amuser.

En fait de Bobino, années soixante, on a plutôt l'impression d'être, un soir d'hiver, dans le palace décati d'une station thermale démodée. Un léger parfum de luxe moisi, de papiers décollés, de vieux whisky et de plaisirs décadents. Sous des lustres éteints, dans des décors trop grands pour eux, on imagine glisser des personnages à la Sempé qui auraient rêvé de bonheur, de gloire, et, pourvu qu'on ne les bouscule pas, s'accommodent très bien d'une vie routinière, sans éclat mais pleine de regrets.

Dans un coin négligé de l'hôtel, il y a un piano-bar. C'est si suranné, les pianos-bars. Au clavier, Bruno Fontaine, tout droit sorti d'un film de Resnais, n'a pas besoin de partition. Il connaît son Satie par cœur. Il ne semble jouer que pour lui. Il a cessé de vouloir plaire aux habitués, il accompagne seulement ses souvenirs du bout des doigts. D'ailleurs, l'endroit est presque désert. Un seul homme veille, qui se parle à lui-même et tutoie du regard le pianiste. C'est Jean

Rochefort. Un long physique d'officier du *Crabe-Tambour* à la retraite, d'écuyer du Cadre noir retiré en Anjou, d'animateur radio que le public a oublié. Un septuagénaire inflexible augmenté d'un grain de folie. L'absurde en smoking.

Il se raconte des histoires drôles qui font pleurer, des histoires tristes qui font rire. Il pouffe dans sa moustache grise et réclame deux croissants. Il trottine, il s'en fout, il n'y a personne pour le regarder, sauf ce pianiste perdu dans son cercueil laqué de noir. Avec ses grands bras, Rochefort imite l'éléphant échappé du cirque Tantini qui s'écrase sur la 2 CV de sa sœur. Un éléphant, ça trompe énormément. Il est aussi le scrupuleux plombier qui trouve porte close et dialogue jusqu'au délire, jusqu'à perdre la tête, avec le perroquet de la vieille dame dont la baignoire est cassée. Il donne sa voix d'un autre temps aux sans-grade, aux humiliés de la société, à l'enfant pauvre que méprisent les gosses de riches, à l'idiot de la famille, au cantonnier bébête, à toux ceux qui ne connaîtront jamais le vase de Soissons. Parfois, il va s'accouder sur le piano, cherche à capter les yeux de l'interprète, qui se moque bien de ce vieux fou et continue de jouer, derrière ses lunettes rondes, des airs frivoles.

Heureux ?, spectacle poignant sur une idée magistrale, est le mariage de deux grandes solitudes : celle de Fernand Raynaud, comique désespéré, humaniste incompris, écrasé à quarante-sept ans au volant de sa Rolls, et celle d'Erik Satie, SDF avant les initiales, écorché vif, faux fantaisiste dont Man Ray disait qu'il ressemblait à un employé des pompes funèbres, mort à cinquante-neuf ans d'une cirrhose. C'est désormais la rencontre, dans un drôle d'endroit, d'un pianiste très subtil et d'un très grand comédien dont l'humour est trop chavirant pour ne pas dissimuler, quand tombent le soir et les masques, une secrète détresse.

J'appelle Jean le lendemain de la générale et lui dis mon émotion. Dans le téléphone, il y a un drôle de bruit de fond. « C'est que je suis aux écuries, m'explique-t-il. Avant de rejoindre le théâtre, et pour garder la forme, je me réfugie auprès des chevaux. »

19 janvier

Eaubac a fait le fou au paddock. Résultat : trois pieds engorgés. Trois poteaux. Soins à l'argile verte. Marche au pas. « Tranquille, peinard et tout », comme disait mon père. Mais mon corps réclame de l'effort. Alors, je monte Gabin dans le manège pendant une heure trente. Nirvana.

27 janvier

Le colonel Jean-Louis Salvador, qui commande la Garde républicaine, m'invite donc à déjeuner à la caserne des Célestins. Bonne table, bons vins, atmosphère très chaleureuse de mess d'officiers à l'ancienne, au cœur d'un Paris balzacien. Le colonel porte ses longues moustaches grises en guidon et un bel uniforme noir brodé d'or. Il appartient à la gendarmerie comme un évêque au clergé : avec une foi inébranlable. Lorsqu'il évoque les manifestations du 6 février 1934 et la manière dont les insurgés ont tailladé les jambes des chevaux, il dit : « Ce jour-là, *nous* avons eu beaucoup de victimes. » Ce *nous* me touche, allez comprendre. Il parle avec des mots fleuris, un peu pompeux. Il aime son métier et plus encore la geste qui s'y attache. Il est fier de défiler sur les Champs-Élysées à la tête de sa colonne. Fier de serrer la main de Jacques Chirac. Je sais tout, désormais, de la Garde, son uniforme, son casque, sa formation. Les gros fers qu'on met aux chevaux du macadam. Les accidents, les boiteries. Et pourquoi, contrairement aux Belges et aux Anglais, il refuse que la Garde républicaine aide au maintien de l'ordre : « Notre prestige y perdrait. Paris *nous* aime, il ne faut pas gaspiller cet incroyable capital de sympathie. » Après le déjeuner, il me fait visiter la caserne, le manège, les écuries et me montre son piquet de chevaux : fiers et lourds à la fois, hauts de garrot, puissants et calmes. Des chevaux de ville et d'apparat. On promet de se revoir. Il me dit qu'on parle la même langue. Une langue très ancienne. Elle demande parfois, pour être intelligible, un traducteur.

6 février

Le temps m'a manqué pour assister, hier, à la reprise de la Garde républicaine où j'étais invité. Mais Jean-Louis Gouraud, qui y était, m'écrit avoir trouvé « les chevaux bien présentés et bien mis, les cavaliers impeccables dans leur tenue comme dans leur maîtrise des exercices ».

7 février

J'ai aimé Saint-Laurent comme on aime un être cher. Il me manque. Dans cette longue maison blanche postée à l'entrée du village — en fait de village, n'était-ce pas plutôt, faute de commerces et de marché, un hameau qui s'étendait à travers champs et descendait sans se presser jusqu'à la mer ? —, j'ai joué avec mon frère jumeau quand il était encore vivant, j'ai vu mon père heureux qui galopait sur la plage, j'ai accompagné mon grand-père sur la falaise où il plantait son chevalet pour peindre, face à la Manche, des aquarelles attendrissantes, j'ai souri de ma grand-mère qui, inquiète, flottait sur les vagues avec une bouée en plastique, je nous croyais invincibles, inséparables, mais ils sont morts, aujourd'hui, et il ne reste plus rien, à Saint-Laurent-sur-Mer, de ce bonheur familial, banal et précaire, que seule une obsédante nostalgie rend exceptionnel. Rien, sinon cette tombe, au pied de l'église, où dorment mes grands-parents Garcin.

Oui, j'ai aimé Saint-Laurent, au milieu des années soixante, et pourtant Saint-Laurent n'était guère aimable. Le crachin s'y montrait obstiné. L'eau était froide. La plage était coupante et contondante, avec ses morceaux de fer rouillé, ses bouts d'épaves, ses derniers éclats d'une guerre sans fin. Le monument aux morts avait la forme d'un toboggan, autour duquel rôdaient des adultes endeuillés et d'étranges uniformes. Les dunes étaient giflées par le vent. Le tennis était envahi par le sable. Et les maisons, sur le rivage, tenaient plus du cabanon que de la villégiature.

Mais Saint-Laurent, pour l'enfant que j'étais, c'étaient les journées entières au club Mickey, les premières leçons de voile sur une Caravelle, la pêche à la crevette à marée basse — le théâtre de l'univers à perte de vue, la terre et la lune, le désert et l'océan, un royaume dont nous étions les princes. C'étaient, près de la maison, la ferme merveilleuse des Deslandes, l'ivresse de traverser la campagne en tracteur, à la hauteur des futaies, l'excitation de traire les vaches et de remplir, dans le soir couchant, les berthes de lait chaud. C'étaient le klaxon du boulanger ou du poissonnier ambulants, le pain bénit du 15 août, le passage à Vierville d'un petit cirque, la virée au cinéma de Trévières ou la visite, à Isigny, de l'odoriférante fabrique de caramels.

On était vraiment au bout du monde, dans ces années-là. Depuis Saint-Laurent, Bayeux ressemblait à une lointaine capitale et Paris, à une ville étrangère. Ni le tourisme du *D. Day* ni le marchandising du débarquement ne sévissaient encore. Pas de restaurants, ni d'hôtels. Qui, d'ailleurs, s'y fût arrêté ? La mode aimait Deauville et Cabourg, poussait parfois en décapotable jusqu'à la baie du Mont-Saint-Michel, mais elle ignorait délibérément notre âpre Bessin, notre bocage serré, notre sable blond strié par les chaînes des bateaux amphibies, nos cratères enherbés et nos blockhaus humides. Saint-Laurent ne cherchait pas à plaire, et y réussissait très bien. Moi, j'y ai appris très tôt à m'ensauvager, à ne pas courber l'échine et, sur cette plage martyrisée, à être fidèle aux morts qui ont vécu debout.

18 février

Dîner avec Bartabas dans sa roulotte. Il me donne à lire un texte d'Artaud, lequel l'a beaucoup marqué. Trois fillettes viennent toquer à la porte. Elles préparent une interview de lui pour le numéro de *Libération* consacré à la presse à l'école. Elles sont intimidées par le personnage. « Vous ne vous êtes pas ennuyées pendant le spectacle ? » leur demande Martex. « Oh, non », répondent les deux plus grandes. « Si, j'ai même cru m'endormir », répond avec franchise la plus petite. Gêne de la maîtresse qui les accompagne et s'exclame, comme pour s'excuser : « Moi, j'ai trouvé ça magnifique. »

21 février

Tournage, au Brévedent, d'un film pour Equidia qui va se dérouler en deux parties : l'une ici, en Normandie, consacrée à Eaubac et Danseur, l'autre, qui sera réalisée le 13 mars à Saumur, me donnera l'occasion de monter les chevaux du Cadre noir et de recevoir, dans le grand manège, une leçon de l'écuyer en chef, le colonel Loïc de La Porte du Theil. Le club est tout excité. Non par la présence des caméras, mais par la gracieuse apparition de la personne qu'on a désignée pour m'interroger. Il s'agit en effet de Sophie Talmane, une ancienne Miss France, un mètre quatre-vingt-un, et une irréprochable plastique. J'avoue que, jusqu'à aujourd'hui, j'ignorais son existence. Les hommes du club, dont les yeux pétillent, se chargent de me l'apprendre. Ça me rappelle l'atmosphère et les blagues salaces du service militaire. Les interviews se déroulent à cheval. Sophie, qui a un galop 6, n'est pas franchement à l'aise. Elle craint que Holliday, le cheval de Gabriel qu'on lui a prêté, ne s'emballe. Quand je pars au galop, elle crie. Mais ses questions au pas sont attentionnées. La Miss vaut mieux que son titre de gloire. Eaubac, qui ne déteste point les caméras et a appris à frimer chaque fois qu'il entend « on tourne », chauffe un peu. Il aime bien se montrer, il n'aime pas se répéter. À la troisième prise du même plan, il part en coup de cul. C'est un vaniteux impatient. En fin de journée, épuisé, il a droit à une double ration de foin.

22 février

Lu ce matin dans *Ouest-France* le portrait d'Audrey, dix-huit ans, qui a traversé la France pour participer à une épreuve de dressage à Saint-Lô. À peine descendue de cheval, elle se précipite sur une bouteille d'oxygène. Sa vie en dépend. Cette jeune cavalière, championne de France handisport de saut d'obstacles, souffre en effet d'une malformation cardiaque. Elle est en attente d'une greffe cœur-poumon. Il lui est déjà arrivé de tomber en syncope lors d'un concours hippique mais de rester en selle jusqu'à la ligne d'arrivée. « Avec mon cheval, dit-elle, je ne suis jamais seule. » La photo qui la montre avec Elmer des Gorges me bouleverse : on a l'impression qu'il lui donne le cœur et le poumon manquants, qu'il la porte. Plus qu'un cheval, un espoir.

29 février

Grand galop sur la plage de Deauville recouverte, ce matin, d'une fine pellicule de neige. Vertigineux sentiment de glisser sur l'hiver. Eaubac, aux anges, comme un enfant qui fait de la luge. Au retour, le ciel se noircit, la mer devient turquoise. C'est d'une beauté à laquelle le souffle et le rythme du cheval confèrent de la grandeur.

12 mars

Dîné, près de Saumur, dans un restaurant troglodytique, *Les Caves de Marson*. Au milieu d'une froide et humide grotte creusée dans la roche et éclairée aux bougies, on mange des fouées, comme chez Rabelais. Ce sont des galettes faites d'une fine fleur de froment, non levées et cuites au bois de chêne dans un four où elles s'étirent en gonflant pour se transformer en petits pains creux dans lesquels on met, selon son appétit, du beurre salé, des rillettes, des haricots ou du fromage de chèvre. Autour de la table, arrosée d'un saumur rouge, il y a le très sympathique, drôle et bavard colonel de La Porte du Theil et toute l'équipe d'Equidia avec laquelle on va tourner demain. L'écuyer en chef m'annonce ce qui m'attend : la courbette sur un sauteur. Vous verrez, me dit-il en substance, c'est très impressionnant. Et si ça vous tente, on tentera la croupade. Soudain, je n'ai plus faim.

13 mars

Nuit à l'hôtel de la Loire, que j'aime tellement. Il a les pieds dans l'eau et la tête tournée vers le château. Levé aux aurores. Départ pour l'École nationale d'équitation. À neuf heures, on est à cheval. On : Anne-Marie, Pierre-Luc Séguillon, qui doit nous interviewer, et moi. On *détend* dans la carrière d'honneur, sous un soleil magnifique. Et puis, on entre dans le grand manège. Toujours le même sentiment de fouler un sol béni des centaures. Vient l'heure des sauteurs. Anne-Marie passe la première, exécute une courbette avec maestria. En prenant appui sur les postérieurs, le cheval élève l'avant-main et se dresse vers le ciel. Le cavalier, sans étriers, doit garder sa position afin de se retrouver en arrière de la verticale. Ne surtout pas céder au réflexe qui consiste à se pencher vers l'encolure à l'instant de l'élévation, me prévient La Porte du Theil : ce serait comme recevoir un mur de six cents kilos en pleine figure. C'est mon tour. Je me mets en selle. Le plus fascinant, c'est quand le sauteur se prépare. Pendant de longues minutes, il piaffe, plastronne, se gonfle, on a le sentiment d'avoir sous les fesses un moteur de formule 1 prêt à rugir, une puissance infernale, et puis soudain le cheval se dresse, qu'il faut aussitôt accompagner du bassin, et se dévoile alors, immense et merveilleux, promesse d'éternité, le firmament du manège. C'est magique. Des trois courbettes successives, la troisième est la plus verticale. Sentiment de voler, d'être propulsé en l'air. Mon dos étant fragile, je ne me risque pas à la croupade. La Porte du Theil explique comment et pourquoi ces airs relevés, aux temps lointains de la chevalerie, étaient destinés à terrasser l'adversaire par l'avant et par l'arrière. Ils sont devenus des figures de style pour temps de paix.

Et voici pourquoi je vais souvent à Saumur. C'est le seul endroit sur terre où des hommes en noir consentent à me prêter des chevaux ailés pour caresser, du bout des doigts et des pieds, l'empyrée, et nous faire croire, avec une exquise politesse, que nous avons mérité ce privilège.

Après le déjeuner, l'écuyer en chef nous donne une leçon sur de nouveaux chevaux. Je suis tout fier de passager avec Éclipse. Et puis, deux heures d'extérieur sur les allées blondes de Terrefort et devant les caméras d'Equidia qui nous précèdent en voiture. La jument qu'on m'a prêtée, peu habituée à sortir, donne des coups de cul de bonheur et d'excitation, et un triple galop de charge. En fin de journée, si belle, si épuisante, je suis rompu. Retour dans la nuit en Normandie : demain, il faut monter Eaubac.

21 mars

La carrière était ventée. Il avait pourtant bien sauté, Eaubac, et enchaîné les obstacles avec non seulement de la rigueur mais aussi du plaisir. Et puis, j'ai voulu faire un dernier tour. Petit galop. Un droit, un double, tournant, un oxer, tournant, nouveau double, tournant, petit galop, tout va bien. Devant l'oxer bleu et blanc, je n'ai pas su, car c'est ma faute, le retenir pour lui demander une foulée supplémentaire, et il a fait *une longue*, il est parti trop vite, trop tôt. Le saut lui demandait un effort excessif, et il est retombé sur les barres, sans se faire de mal. Moi, je suis passé au planer par-dessus l'encolure et j'ai piqué violemment du nez. J'ai senti un choc terrible, et aussitôt, dans l'épaule gauche, une douleur aiguë. Je suis resté plusieurs minutes allongé dans le sable trempé. Ma tête tourne. On me relève, je chancelle. Aux urgences de l'hôpital de Lisieux, mon ami Bernard Leménager, chirurgien doublé d'un cavalier de complet, me fait passer une radio. Fracture nette et claire de la clavicule. La souffrance est telle — comme un couteau enfoncé dans la chair — que je manque m'évanouir. On me pose des anneaux pour soutenir le dos. Bernard m'annonce un mois de handicap : mon épaule et mon bras gauches invalides, des nuits blanches en perspective, et l'abus du Diantalvic et autres Lamaline pour calmer la douleur. Je connaissais les côtes cassées, le pied écrasé, pas encore la clavicule explosée. Mais ce qui me fait le plus mal, et déjà me tourmente, c'est de savoir que, pendant quatre semaines, je ne vais pas pouvoir monter.

28 mars

On oublie souvent qu'il y eut, devant un même public parisien chauffé à blanc, deux batailles d'*Hernani*. La première est célèbre. Elle vit triompher à la Comédie-Française, en 1830, le drame romantique de Victor Hugo, malgré les lazzis des versificateurs classiques et les insultes des traditionalistes offusqués. La seconde se déroula, douze ans plus tard et à l'identique, au Cirque des Champs-Élysées — c'était un temps, il est vrai, où l'art équestre était tenu pour l'égal de l'art dramatique. Elle opposa deux très grands écuyers dont les théories étaient irréconciliables. Le comte d'Aure, qui mettait à cheval les fils de rois, représentait les Anciens et François Baucher, les Modernes. Le premier avait hérité. Le second, d'origine modeste, s'était fait tout seul. L'un, d'obédience versaillaise, préconisait une monte académique, musclée et horizontale, l'autre une équitation nouvelle, tout en souplesse et verticalité. D'Aure, en bon militaire, combattait les résistances du cheval ; Baucher, en vrai artiste, les abolissait. À Paris, les clubs, les journaux, les faubourgs, les manèges, les universités choisirent leur camp. Il n'était pas seulement esthétique, il était aussi social : d'Aure avait pour lui l'aristocratie, les banquiers et la jeunesse dorée de Saint-Germain. Baucher était le héros du peuple et de la littérature (Lamartine, Eugène Sue, Théophile Gautier en tête). C'est le très caractériel cheval Géricault qui finit par les départager. En faisant faire des exercices de haute école au bel indomptable, un soir de gala sous les lustres du Cirque olympique, Baucher fut ovationné comme Hugo dans la maison de Molière, et l'on siffla les « perruques » des amis du comte d'Aure.

Cette bataille qui, après avoir libéré le vers

dramatique, bouleversa l'art équestre, a inspiré à Jean-Noël Marie un premier roman de six cents pages. Il raconte comment, pendant la monarchie de Juillet, c'est-à-dire entre deux révolutions, la haine entre les deux hommes (rebaptisés ici d'Asprelaure et Beauchêne) s'inscrit dans l'histoire mouvementée du pays et pourquoi, d'une certaine manière, elle les dépasse. Lorsque les deux écuyers se disputent le gouvernement du Cadre noir de Saumur et que chacun veut voir sa méthode appliquée par la cavalerie française, ils engagent plus que leur personne, le corps social qu'ils représentent.

Pour ajouter au suspense du duel, l'historien du Paris louis-philippard donne à l'intransigeant comte d'Asprelaure une ravissante fille, doublée d'une grande cavalière, de qui s'éprend aussitôt, et sans quitter ses bottes, le séduisant rival de son père. Un drame cornélien qui nous vaut au salon d'intenses débats de conscience, au couvent un épisode chevaleresque et aux écuries des scènes d'amour brûlantes comme le ventre d'un cheval après un galop de chasse. Jean-Noël Marie enrôle même des personnages du *Rouge et le Noir*, de *La Comédie humaine* et de *Bouvard et Pécuchet*. Et s'il romance très librement les épisodes les plus fameux du combat que se livrèrent, en selle, l'aristocrate aux cuisses d'acier et le saltimbanque du cirque Franconi, c'est en cavalier qu'il décrit la rebondissante allégresse d'un piaffer, la lente majesté d'une courbette ou l'insondable mystère d'un galop arrière. « La légèreté n'est pas toujours possible. Moi, je ne l'ai trouvée qu'à cheval », fait dire Jean-Noël Marie à Beauchêne. Avec *Le Cavalier à la charrette*, il prouve qu'on la trouve aussi dans la littérature, quand elle frémit pour un corps de femme et tremble pour la beauté coulante d'un appuyer.

10 avril

Enfin, je suis remonté ! Non sans mal, au sens propre. Pour ne pas trop souffrir de devoir me hisser sur le dos d'Eaubac, j'utilise une grosse pierre en guise de marchepied avant d'attraper l'étrier. Bonheur, malgré la douleur. Grande promenade dans les champs éclatants et solaires de colza.

22 avril

Passé la journée à Versailles avec les jeunes filles en fleur de l'Académie du spectacle équestre et visité leur campement très *zingarien* à la frontière de la ville. C'est fou ce qu'elles sont heureuses et soudées. Bartabas a créé, en même temps qu'une école sous abri, un gynécée à ciel ouvert.

24 avril

Notre chien Balou est mort. Il n'en pouvait plus. On l'a fait piquer ce matin, devant la maison, allongé sur une couverture. Nous sommes désemparés. Gabriel pleure. Anne-Marie s'était déjà préparée au pire. Depuis quelques jours, elle avait fait son deuil de ce chien qui ne la quittait pas, ne supportait pas de la quitter, l'adulait. Même Danseur est mélancolique. Il était habitué à partir en forêt avec Balou à ses pieds. Nous l'avions choisi dans un refuge, il y a dix ans. C'était un gros bâtard tendre et si peureux. On n'arrive pas encore à imaginer la vie sans lui, la campagne sans lui, le cheval sans lui. Je ne pensais pas que l'on pouvait être à ce point hébété de tristesse, et plein à craquer de souvenirs tendres, fauves, ludiques et mouillés.

30 avril

Déjeuné avec l'attachée de presse des éditions Grasset, Élodie Deglaire, qui me raconte le plaisir qu'elle éprouve chaque week-end à monter à cru Oscar dans la forêt de Montfort-l'Amaury. Oscar a huit ans. C'est un percheron. J'imagine la fine et jolie Élodie menant, en filet simple, une tonne pataude de muscles sur des allées cavalières.

10 mai

Anne-Marie est partie pour une semaine avec Danseur à Saumur, afin de faire un stage. Elle découvre la dureté de la vie quasi militaire à l'ENE et le manque d'égards qu'ont certains écuyers du Cadre noir pour les lusitaniens. La semaine commence mal, du genre : « Votre cheval n'est pas doué. »

14 mai

Retournement de situation. L'adjoint à l'écuyer en chef félicite non seulement Anne-Marie, mais aussi Danseur. Son passage est jugé exceptionnel. En cinq jours, elle a séduit et converti la vieille institution.

22 mai

Clôture du festival de Cannes avec *De-Lovely*, d'Irwin Winkler, la biographie filmée de Cole Porter, qui est aussi une comédie musicale. Beau sujet (l'homosexuel qui se marie, le compositeur de *Night and Day* récupéré par Hollywood), malheureusement alourdi par les milliards de la MGM. Aucune émotion, à une exception près : la chute de cheval de Cole Porter (joué par Kevin Kline) dont les jambes sont brisées à jamais par la masse de cinq cents ou six cents kilos qui, en forêt, s'abat sur elles. Paralysé, amputé, c'est désormais un mort-vivant. *Anything Goes…*

23 mai

Retour du festival. Nice-Paris par les airs. Une pensée pour les premiers aviateurs, qui portaient bottes et blousons. Ils étaient recrutés dans la cavalerie militaire et montaient donc dans leurs aéroplanes par la gauche, en tournant le dos à l'hélice. Ils enfourchaient leur pur-sang volant, leur Pégase. J'aime l'idée que, sans aucune raison logique et dans l'ignorance de son origine équestre, la tradition se perpétue et que l'on accède toujours aux Airbus et Boeing du XXIe siècle par la porte latérale gauche.

29 mai

Mai 68. Exode de la bourgeoisie parisienne. Une jeune et ravissante mère de famille (Anne Brochet) part avec ses deux fillettes, arrachées à leur institution religieuse, dans sa propriété de Chantilly. Là, elle tombe amoureuse d'un maître de manège à l'ancienne, joué par Pascal Greggory. Dans *Les Bottes*, téléfilm diffusé sur France 3 et réalisé par Renaud Bertrand, jamais le monde du cheval n'a été rendu plus caricatural. L'équitation, sport de privilégiés indifférents aux mouvements du monde et où officient des machos en veste de tweed devant lesquels craquent des femmes rigides et frustrées. Seule, la voix off du cher Jean Rochefort met un peu d'humour dans ce déroutant libelle.

6 juin

Francine Ohet enseigne au collège de Talant. Elle a demandé à ses élèves de plancher l'année scolaire prochaine sur mes livres. Pour préparer ce travail, elle est venue au Brévedent voir Eaubac et, à mon insu, est allée jusqu'à Bray-sur-Seine où elle a photographié la maison de mon enfance et a même poussé jusqu'au cimetière où reposent mon père et mon frère. Elle me demande de sacrifier aux questionnaires de Proust et de Pivot, dont elle distribuera les réponses dans sa classe.

Questionnaire de Proust :

> 1 – Le trait principal de mon caractère : le scrupule. 2 – La qualité que je préfère chez un homme : la loyauté. 3 – La qualité que je préfère chez une femme : le courage. 4 – Ce que j'apprécie le plus chez mes amis : leur rareté. 5 – Mon principal défaut : le

scrupule. 6 – Mon occupation préférée : lire et monter à cheval. 7 – Mon rêve de bonheur : retrouver l'état d'enfance d'avant la mort de mon frère. 8 – Quel serait mon plus grand malheur : perdre ma femme et mes enfants. 9 – Ce que je voudrais être : meilleur que je ne suis. 10 – Le pays où je désirerais vivre : l'Italie de Stendhal. 11 – La couleur que je préfère : le bleu. 12 – La fleur que j'aime : la rose. 13 – L'oiseau que je préfère : le rouge-gorge. 14 – Mon auteur favori en prose : Stendhal. 15 – Mon poète préféré : Philippe Jaccottet. 16 – Mon héros dans la fiction : Fabrice del Dongo. 17 – Mon héroïne dans la fiction : Clélia. 18 – Mon peintre favori : Georges de La Tour. 19 – Mon héros dans la vie réelle : Jean Prévost. 20 – Mon héroïne dans l'Histoire : Jeanne d'Arc. 21 – Ce que je déteste par-dessus tout : la lâcheté et l'hypocrisie. 22 – Caractères historiques que je méprise : ? 23 – Le fait militaire que j'admire le plus : la Résistance. 24 – La réforme que j'admire le plus : l'abolition de la peine de mort. 25 – Le don de la nature que je voudrais avoir : être pianiste. 26 – Comment j'aimerais mourir : je n'aimerais pas mourir. 27 – État présent de mon esprit : l'impatience tranquille. 28 – Fautes qui m'inspirent le plus d'indulgence : les fautes de goût. 29 – Ma devise : ne pas abdiquer.

Questionnaire de Pivot :

1 – Mon mot préféré : la clairvoyance. 2 – Le mot que j'aime le moins : tintinnabulant. 3 – Mon juron préféré : au mieux, tête de piaf !, au pire, connard ! 4 – Mon bruit préféré : les sabots sur le pavé et le mors de bride. 5 – Ma drogue favorite : l'équitation. 6 – Ce que vous aimeriez que Dieu (s'il existe) vous dise après votre mort : ceux que tu as tant aimés t'attendent.

10 juin

On enterre le président Ronald Reagan à Washington, décédé le 5 juin à l'âge respectable de quatre-vingt-treize ans. Son cercueil est acheminé sur un affût de canon tiré par six chevaux depuis la Maison-Blanche jusqu'au Congrès. Derrière le cortège, son cheval Sergent York suit au pas, tenu au licol par un soldat. Les bottes de cow-boy de l'ancien président sont placées à l'envers dans les étriers. Ce symbole de l'ultime chute du cavalier laisse accroire que le cheval est orphelin. C'est une idée fausse, évidemment, mais séduisante. Je peine à imaginer l'insolent Eaubac marchant au calme derrière la dépouille de son cavalier...

11 juin

Jusqu'à l'année dernière, Xavier Patier était le seul romancier français à pouvoir se vanter d'habiter, jour et nuit, le plus prestigieux des châteaux Renaissance. Avec sa femme et ses six enfants, l'auteur de *Horace à la campagne* logeait dans l'appartement des Princes. Pour travailler, bien que le verbe demeurât improbable, il avait installé son bureau dans un pavillon de chasse. Le matin, il priait qu'on lui sellât un cheval et parcourait seul, aux trois allures, son immense domaine : une forêt percée de trois cents kilomètres d'allées cavalières. Le soir, il mangeait du lièvre à la royale. Quand il n'aspirait pas, devant un feu de cheminée, à rédiger une anthologie des renoncements politiques, il chassait à courre afin d'éliminer, avec trois mille cartouches, la bagatelle de cinq cents sangliers par an. Au village, on lui donnait volontiers du « monsieur le Gouverneur ». Le dimanche, il allait à la messe ; dans l'église, sa présence rassurait. On voit par là que Xavier Patier, quarante-cinq ans, catholique, gaulliste, péguyste, grand veneur, monogame amoureux de sa femme, armé d'un fusil et doté d'une trompe, n'est pas vraiment ce qu'on appelle un écrivain *trash*.

Rien, en vérité, ne le destinait à régner sur le

château de Chambord. Il ne descendait ni de François Ier, ni du maréchal de Saxe, ni du comte de Chambord. Petit-fils du ministre républicain Edmond Michelet et ancien énarque, il avait plus été formé à gérer sous abri les biens de l'État qu'à bouter le cerf et régenter, en plein air, un petit peuple de guides, bûcherons, ingénieurs des Eaux et Forêts, gendarmes à cheval, auxquels il convient d'ajouter des milliers de touristes. Lorsqu'il apprit, en 2000, que le poste d'administrateur, créé autrefois par le président Pompidou, était vacant, aussitôt il se porta candidat, « pour la beauté provocante du geste ». S'il doutait que le titre fût utile à sa carrière, il savait que la fonction serait profitable au romancier. Et il avait raison. Car de ces trois années passées à vivre au temps lointain de la monarchie, Xavier Patier a tiré, dans un style Grand Siècle, *Le Château absolu*, qui tient à la fois du journal intime, du conte de fées, de la fresque historique, de la pièce de théâtre, du précis d'architecture, du traité de vénerie, du bestiaire, du *Désert des Tartares*, version giralducienne, et de la satire politique.

Depuis le donjon, et dans son habit de vice-roi, qui dissimule en vérité un banal emploi de concierge, l'écrivain en jodhpurs feuillette avec émotion la légende des siècles et observe avec humour la comédie humaine. Il chante la mélancolique beauté de ce château en trompe-l'œil, palais de marbre sans marbre, insalubre et fragile, où « l'Italie est naufragée dans un marais de Sologne ». Sur les cinq mille quatre cent sept hectares dévolus aux « chasses présidentielles », il accueille, pour des battues moins régaliennes qu'à l'époque de Pompidou, Giscard et Mitterrand, les ministres de la République chiraquienne. (Lorsque l'Élysée téléphone à la veille d'un week-end et demande « une inspection du mur d'enceinte », il faut traduire par : une promenade à cheval en forêt.) Il rend visite à son prédécesseur, un ancien préfet d'outre-mer qui refuse obstinément de quitter le domaine et squatte une ferme voisine où il boit du punch pour oublier sa destitution. Et il poursuit en vain, avec son escouade de gendarmes, les rôdeurs qui, la nuit, pénètrent aux bougies dans le château, s'égaient dans les quatre cents pièces où ils font tourner les tables, pratiquent des messes noires et trouvent piquant de faire l'amour dans le lit à baldaquin du roi de France.

À la manière de François Ier qui faisait, depuis la terrasse au parfum de vin boisé, les honneurs de la vue à son vieux rival Charles Quint, Xavier Patier initie son lecteur, dont il a tort de se méfier, aux splendeurs ostensibles et aux magies cachées de Chambord et, parfois même, lui ouvre son cœur : « J'ai rêvé enfant d'être un jour comme je le suis aujourd'hui, seul à cheval, en forêt, pour y faire mon métier... » Comme je l'envie.

14 juin

Reçu, signée par Pierre Jonquères d'Oriola et Jean d'Orgeix, une lettre ouverte à la FEI. Les deux champions jugent que leur discipline, le saut d'obstacles, est désormais menacée « car elle devient d'une effroyable monotonie du fait de la suppression de toutes les difficultés techniques qui en faisaient l'intérêt et la grandeur ». Et d'évoquer l'époque où les obstacles étaient non seulement très variés — gâtes, claies, talus bretons, stationnatas, bull-finch — mais aussi spectaculaires, au sens propre. Ils se souviennent par exemple du Grand Prix d'Aix-la-Chapelle en 1975 avec des oxers de un mètre quarante-cinq sur un mètre quatre-vingts, un mur de un mètre soixante-dix et une spa de... un mètre quatre-vingts sur deux mètres vingt. « Nous arrivons aujourd'hui, ajoutent d'Oriola et d'Orgeix, à ce paradoxe : les élevages ont fait considérablement évoluer la race équine. Nos chevaux sont plus grands, beaucoup plus puissants, or les parcours tendent à être moins hauts et sans aucune difficulté technique. » D'où l'abondance fastidieuse de parcours sans faute et la multiplication de compétitions sportives qui tournent aux simples présentations de chevaux. Je trouve leur argumentation très convaincante.

15 juin

Sous Louis XIV, Gaspard avait très tôt hérité de son père, maréchal-ferrant et vétérinaire. Il l'avait vu courir d'une écurie à l'autre avec sa sacoche d'outils pleine de reinettes, cornes à dénerver, pas-d'âne, moules à oreilles et autres boutons-de-feu ainsi que de mystérieux onguents de sa composition. À six ans, Gaspard parlait cheval aussi bien que français. Il savait déchiffrer le bruit sec d'une boiterie, le langage d'un souffle, la musique d'un hennissement. Il allait consacrer sa vie à monter et à soigner. Formé à l'Académie équestre de Versailles par Pierre Vernet du Plessis, il veilla à la santé des chevaux de la Grande Écurie, forma le régiment de cavalerie du duc de Bourbon, connut l'horreur de la guerre, fut nommé inspecteur des Haras, participa à la campagne des Flandres, appliqua sur les champs de bataille sa science hippiatrique aux hommes blessés, remit debout à la fois soldats et genêts, inventa des remèdes miracles — parmi lesquels j'ai bien noté, avant de la tester sur Eaubac, une très revigorante mixture d'étourneaux pilés, de farine de fèves, de feuilles de violette, de poivre, de miel, de poudre de réglisse et de vin émétique —, conversa avec le duc de Saint-Simon tout en travaillant un entier aux piliers, fut l'écuyer de nombreux gentilshommes du royaume, tua un rival pour l'amour de la belle Marie, s'exila, revint en France où il publia un traité d'art et de médecine équestres. Philippe Deblaise, dont la librairie Philippica est spécialisée dans les livres anciens consacrés aux chevaux, s'est glissé dans la peau de Gaspard du Saunier (1663-1748) pour nous offrir ses Mémoires imaginaires.

8 juillet

Signé toute la journée chez Gallimard le service de presse de *Bartabas, roman*, dont la jaquette le représente en promenade sur les bords du lac Léman avec son fidèle Quixote sur la tête duquel est posé un grand duc. La photo, qui figure une ombre chinoise et ressemble à une estampe japonaise, date de 1986. Je fais porter à Bartabas, qui répète au Châtelet, le premier exemplaire.

12 juillet

Lettre, ce matin, de Bartabas. « Cher Jérôme, je viens de terminer la lecture de ton livre (dans sa version finale) et j'ai eu envie de t'écrire (sport que je pratique rarement comme tu le sais) pour te dire et te redire tout le bien que j'en pense. La tâche était délicate et le pari audacieux... Tu l'as relevé et accompli avec le talent qui est le tien et que l'on te reconnaît à juste titre. Je ne pense pas mériter autant d'éloges de ta part, même s'ils flattent en moi (comme tous les grands timides) la part de mon être que je respecte le moins.

En voulant me découvrir, tu as fait avec ce livre une œuvre sensible — une œuvre d'art ! — car tu t'y es découvert ; comme une déclaration d'amour oblige à se découvrir. C'est fin, sensible, élégant, plein de tact... du bel ouvrage, quoi !

Voilà, je m'arrête car cela va faire décemment trop de fautes d'orthographe dans une seule lettre.

J'espère que nous nous verrons toujours aussi régulièrement, maintenant que ton livre est terminé, car ces rencontres sont toujours pour moi un réel plaisir.

Je t'embrasse fraternellement,

Bartabas.

P-S : Nous sommes dimanche, il est 6 h 30 du matin, je suis dans l'état d'excitation si particulier (et qui ne s'est jamais émoussé avec les années) qui précède l'arrivée d'un nouveau cheval à Zingaro. (En l'occurrence un troupeau de vingt chevaux argentins, tous noirs à la tête blanche.) Ils doivent arriver d'un moment à l'autre... »

14 juillet

Quatre-vingts horse-guards ouvrent au trot, sur les Champs-Élysées, le défilé du 14-Juillet. J'aime beaucoup, en guise d'hommage aux cavaliers de Sa Majesté, la formule du colonel Salvador, qui commande la Garde républicaine : « Ils tiennent remarquablement le pavé. » Ce *tenir le pavé*, quelle philosophie ! On y ajoutera un apologue. Car, à la tête du régiment britannique, le capitaine de St. John Pryce monte un cheval qui s'appelle Azincourt. Il m'a semblé en effet que, au cœur historique de Paris, l'animal avait un port de tête altier et qu'il roulait les épaules avec une narquoise arrogance.

22 juillet

Djerba, Tunisie. J'ai monté pour la première fois, en compagnie de Louis et d'un jeune Tunisien, un barbe de fantasia. Il est bai, rond, très chaud. Un entier, évidemment. Après avoir traversé des hameaux qu'on dirait éclairés par le blanc très pur et le bleu azuréen des maisons, observé en plongée le joli ordonnancement des patios bordés de frises en mosaïque, et longé des dunes molles plantées de palmiers, on franchit un large bras de mer, profond d'un mètre, pour arriver sur la plage. Aussitôt, nos chevaux prennent le galop, un galop fou, et se font la course. Rien ne les ralentit, ni le sable sec où pourtant leurs pieds déferrés s'enfoncent, ni les hackamores et les martingales. Ils semblent voler. Je n'avais encore jamais éprouvé une telle sensation de vitesse, cette enivrante impression d'être au-dessus du sol que doivent connaître, j'imagine, les jockeys sur les champs de courses. La chaleur augmente l'extase de notre cavalcade le long d'une mer d'huile. Retour de rêve, le corps assoupli, les encolures trempées, rênes longues, tandis que le soleil se couche dans le sable foulé. On croise des chameaux désabusés et flegmatiques. Nos athlètes, eux, ne sont pas épuisés. Ils ne demandent qu'à repartir au galop. J'aime découvrir un pays étranger en l'inspectant à cheval (j'ai mieux vu la palmeraie de Marrakech, l'année dernière, en la parcourant seul en selle pendant des heures, que si je l'avais visitée depuis la banquette d'un car). Je n'oublierai pas le pas gracieux et le galop furieux de ce barbe tunisien.

23 juillet

Djerba, toujours. Un garçon, à cru sur son cheval, l'emmène nager loin dans la mer. Je suis frappé, dans les pays du Maghreb, par les rapports simples, complices, ludiques qu'entretiennent les cavaliers avec leurs montures. Pas de harnachements superflus, pas de fausse science, pas l'once d'une vanité sociale : ils ne font pas *de l'équitation*, ils montent pieds nus des animaux dont ils sont à la fois les maîtres irréfutables et les amis d'enfance. À côté, on paraît très guindés, un peu coincés.

24 juillet

Retour en Normandie. Sa terre est bien grasse et mon Eaubac, immense. Lorsque j'arrive devant son box, il me toise sévèrement, me fait des gros yeux de grenouille. Je lui avoue en souriant que je l'ai trompé avec un barbe plus petit mais aussi beaucoup plus rapide. On se réconcilie en partant pendant deux heures dans une campagne péguyste où les maïs dépassent les deux mètres et où les blés sont dorés comme du pain chaud. Malgré l'Émouchine dont je l'ai enduit, les insectes attaquent Eaubac en piqué. Sa tête s'agite et s'énerve. Nos chevaux d'Occident ont une sensibilité de femmes du monde. Belle galopade dans des allées forestières.

25 juillet

Surpris ce matin, dans *Le Journal du dimanche*, d'apprendre que Philippe Sollers était sensible à mon hippophilie et à la magie de Zingaro. Cela dit, je lui volerais bien le titre de son premier roman pour définir le bonheur singulier, intérieur, édénique, bavard que j'éprouve lorsque je pars avec Eaubac au fond des bois : *Une curieuse solitude*.

28 juillet

Lu le premier roman de Gaspard Koenig, *Octave avait vingt ans*, qui fait d'un personnage secondaire de *À la recherche du temps perdu* un jeune fils à papa d'aujourd'hui. Koenig, âgé de vingt-deux ans, veut d'emblée tutoyer Marcel Proust. Au milieu du roman, Octave, qui a de l'argent, est champion de CSO. Sa jument, un pur-sang anglais de six ans, s'appelle Babylone. Il participe à un concours à Cabourg. Gaspard Koenig, trop averti pour n'être pas lui-même cavalier, décrit très bien la manière dont les cavaliers « tracent dans le sable les sinuosités et les errances des regroupements mondains, compliqués des exigences du sport et des caprices de leurs montures ». Et plus loin, tandis qu'il effectue son tour, le romancier note que jamais Octave, fondu dans sa monture, n'avait été « si délicat en enlaçant une fille ». D'ailleurs, une fois sa coupe gagnée, car il est né pour gagner, Octave se jette sur une demoiselle dans le box de sa jument. Une fois à pied, le cavalier est redevenu un goujat. Bien vu.

1er août

Des Landes, Christine de Rivoyre m'écrit une belle lettre : « Je n'ai jamais cru en Dieu qu'à cheval. Vous, vous y composez vos romans. Les Indiens ont raison : Dieu et l'homme ne font qu'un et un centaure comme Bartabas devrait remplacer dans notre imagerie le grand barbu qui flotte au-dessus de la terre sur son cerf-volant de nuages. »

Et de l'île de Ré, je reçois au même courrier une lettre de Philippe Sollers dans laquelle il me dit : « Toute mon enfance (réalité et rêves) est remplie de chevaux à cause de mon grand-père maternel, très étrange. » Et il ajoute plus loin : « Tu verras, dans mon *Venise*, comment je traite l'envol équestre de Saint-Marc [...]. Métaphysique, du Tibet à Versailles : ma ligne. Pense à l'effondrement de Nietzsche à Turin : il n'a pas pu supporter qu'on maltraite un cheval. »

3 août

Trop beau, trop chaud pour travailler Eaubac sur le plat. Cela fait dix jours que nous partons donc pendant des heures dans la campagne. Trot dans les sous-bois, galops dans les champs, le bonheur absolu. Jamais je n'ai eu autant le sentiment d'avoir avec mon cheval des rapports si intimes. Le plus exquis : sur les sentiers où les branches sont très basses, je colle ma tête contre son encolure trempée et mes mains sur ses flancs chauds, je ferme les yeux et je le laisse nous conduire. Je l'enlace dans ma nuit provisoire, bercé par son allure prudente et sinueuse. Je m'abandonne à lui. Il le sait. Je ne relève la tête qu'au moment où Eaubac débouche dans un champ, en pleine lumière, sous un ciel d'azur et alors, ivres de complicité, on prend le galop. Chaque jour, on change d'itinéraire. Moi qui, avant l'été, avais connu une période un peu mélancolique et monté souvent d'autres chevaux pour sortir de l'impasse où parfois Eaubac, si difficile à travailler, si avare en récompenses, me condamne, j'ai l'impression de vivre, en extérieur, une nouvelle lune de miel.

6 août

François Nourissier est à Deauville pour quelques jours. Il s'est installé, pour écrire, au *Normandy*. Il nous invite à y déjeuner, Anne-Marie et moi. Avant, il voudrait voir notre maison, les chevaux. Je vais chercher en voiture François et Tototte à l'hôtel. Je les conduis, par les petits chemins du pays d'Auge dont François aime tant la lumière, au Mesnil, et puis au Brévedent où, d'une main tremblante, il caresse Eaubac, Danseur et Holliday. La taille d'Eaubac l'impressionne. « Il m'intimide. J'en ai presque peur. Tu vois comme j'ai vieilli », me glisse-t-il à l'oreille. En quittant les écuries, il est au bord des larmes : « C'est fou ce que ça me rend mélancolique. Je les ai tellement aimés, les chevaux. Mais je n'ai pas su, comme toi, leur être fidèle. »

8 août

Vu, à la galerie Lazoutine de Deauville, l'exposition *Le Cheval en main*, qui rassemble les dessins, toiles et sculptures en bronze de Jean-Louis Sauvat. De lui, je connaissais et admirais son travail pour Bartabas, notamment les statues en résine de *Triptyk* et les bas-reliefs du manège de Versailles. L'exposition, en revanche, m'a déçu. À l'exception des bronzes, il y a chez Sauvat trop de crayonnés qui se veulent inspirés, trop de mouvements excités, trop de traits faussement inachevés, trop de flou artistique — on dirait des Moretti équestres. En littérature comme en peinture, lorsqu'il s'agit des chevaux, je me méfie du romantisme, je préfère le naturalisme. Il ne faut rien ajouter à la beauté du cheval en liberté, à la clarté du vocabulaire équestre. Un grand artiste doit représenter le cheval comme les meilleurs écuyers le montent : avec des aides invisibles et beaucoup d'humilité.

11 août

Depuis une semaine, Gabriel est aux États-Unis. Je monte donc tous les jours non seulement Eaubac, mais aussi Holliday. Le second me récompense des efforts perpétuels que le premier me réclame. Holliday est un selle français de neuf ans, un peu froid à la jambe mais capable de prouesses vertigineuses à l'obstacle lorsqu'il a trouvé son train. Avec lui, Gabriel vole au-dessus des chandeliers. Je me contente de le travailler sur le plat. Il a un galop coulant, qu'il tient très bien à faux, donne de parfaites épaules en dedans, développe d'excellents appuyers. Je le monte en rênes allemandes. En passant sans transition d'Eaubac à Holliday, j'ai l'impression de descendre d'une camionnette qui carbure à l'affectif pour monter dans une Rolls cabriolet qui roule en silence. Les deux ensemble procurent le trouble puissant de la polygamie.

12 août

Dîné, au Bas-Faulq, chez Pascaline et Francis. Elle travaille dans un cabinet d'avocats. Lui dirige une société de conseil en management. Ça, c'est pour la façade. En vérité, leur vie de moins en moins secrète est dédiée aux chevaux. Ils habitent, à Maisons-Laffitte, au-dessus de leurs écuries. Lui, jockey amateur mais passionné, casaque bleue et grise, consacre son temps libre et toutes ses économies à élever des chevaux de steeple-chase qu'il monte un peu partout en France — l'été à Clairefontaine. Elle se lève tous les matins à six heures pour travailler les réformés des courses afin d'en faire des chevaux de complet et elle arrive à son bureau de la Défense, épuisée mais radieuse, vers neuf heures. Lui ne se métamorphose en chef d'entreprise qu'à dix heures, après quelques canters dans la brume du petit matin. J'ai parfois le sentiment d'avoir une double vie. Elle n'est rien par rapport à la leur.

18 août

On n'avait plus eu de médailles en concours complet aux Jeux olympiques depuis 1968, et voici que la France décroche l'argent par équipe en concours complet. On méritait l'or, mais une scandaleuse décision des juges en faveur de l'Allemagne nous fait perdre la plus haute marche du podium. Qu'importe, on n'a d'yeux que pour ce petit génie de vingt-quatre ans qu'est Nicolas Touzaint, et son joli selle français gris, Galan de Sauvagère. Sorti premier du dressage, aérien sur le cross, il a perdu la grâce sur le concours hippique. Mais le champion d'Europe individuel 2003 a montré à Athènes qu'il était le meilleur des jeunes cavaliers de complet.

20 août

Je reçois ce matin un coup de massue. Cyril Crausaz, l'étiopathe averti qui s'occupe d'Eaubac est passé le voir aujourd'hui, à ma demande. Il l'a ausculté, manipulé. Son diagnostic est sans appel. L'arthrose a fait des ravages. « Je n'en reviens pas, me dit-il. J'ai dû sortir du box pour regarder deux fois sur la porte du box sa date de naissance que j'avais oubliée. Devant, ton cheval a en effet douze ans. Mais l'arrière-main est d'un cheval de vingt. Le bloc lombaire est coincé. N'espère plus le travailler sur le plat. Tu risques désormais de le faire souffrir. Contente-toi de faire des promenades avec lui. » Je suis accablé. Il y a un an, j'arrêtais les concours de sauts d'obstacles. Aujourd'hui, je ne peux même plus dresser. Mon rêve s'envole. Eaubac et moi, nous ne vieillirons pas ensemble.

21 août

Monté Eaubac dans la plaine, les larmes aux yeux. Dressé Holliday, pour ne pas m'écrouler.

23 août

Une jeune femme, Fabienne Mounier, que j'avais rencontrée à La Cadière-d'Azur, m'adresse de Dijon une nouvelle intitulée *Éponine*. « Je vous l'envoie, m'écrit-elle, parce que je sais que vous avez une relation très forte avec les chevaux. » Je lis cette histoire triste d'une fillette qui a trop aimé une jument, et j'en retiens cette image, inédite et juste : « J'aime aussi son œil qui ressemble à une méduse captive, dorée quand on regarde dedans. » Oui, c'est exactement cela, l'œil du cheval.

24 août

La nuit, comme un cauchemar, je ne cesse de penser à mon pauvre, mon bel Eaubac que je dresse, vois grandir et s'accomplir depuis qu'il a cinq ans et dont j'imaginais, naïf et obstiné à la fois, qu'il deviendrait, malgré ses origines modestes et mes défauts incorrigibles, un champion d'hippique. Je prétendais le métamorphoser mais la nature a contrarié mes ambitions et elle me plonge dans le désarroi.

26 août

Assisté, jusque tard dans la nuit froide, à une répétition du spectacle que Bartabas va mettre en scène à Versailles devant soixante mille spectateurs. Sur le bassin de Neptune, il raconte l'histoire du chevalier de Saint-George (1745-1799), originaire de la Guadeloupe, devenu écuyer, escrimeur, danseur, séducteur et compositeur — la cour, qui l'admira sans l'adopter, le surnommait le « Mozart noir ». De cette symphonie équestre et pyrotechnique, où les jets d'eau s'ajoutent aux flammes, et les symphonies concertantes du héros aux percussions du groupe antillais Balkouta, n'importe quel metteur en scène eût fait un banal et grandiloquent son et lumière. Au contraire, Bartabas a perverti les lois du genre, jonglé avec l'Histoire, glissé de l'humour dans chacun des tableaux, rendu presque intime cet immense espace, offert les larges allées de Le Nôtre aux chevaux argentins en liberté pour un inoubliable galop, et laissé à Saint-George la morale du spectacle, qu'il fait sienne. Au soir de sa vie, sous le ciel étoilé de Saint-Domingue, le chevalier que la gloire éphémère avait caressé confesse en effet n'avoir aimé que les chevaux, dans le regard généreux desquels il n'a jamais vu la couleur de sa peau. Ce que Bartabas traduit à sa manière :

« J'ai vu parfois dans le regard du cheval la beauté inhumaine d'un monde d'avant le passage des hommes. » Ce genre de spectacles est conçu pour épater, moi, il m'a ému.

1er septembre

Une photo, dans *Le Magazine littéraire*, me fait sourire : on me voit de profil et courbé en train de curer les pieds d'Eaubac. En légende : « Jérôme Garcin a écrit une ode au plus inspiré des écuyers-metteurs en scène, Bartabas, le chef de Zingaro. Une pure déclaration d'amour. » Drôle de position pour une déclaration d'amour.

Et toujours, partout dans la presse, des photos d'Eaubac. Presque à mon insu, j'ai fait de lui, depuis *La Chute de cheval*, un personnage de roman. Au moment où il me manque le plus, où je souffre de ses souffrances, sans cesse on me renvoie son image et la nostalgie que j'ai de sa force révolue.

8 septembre

Bartabas répète au Châtelet *Entr'aperçu* tout en continuant à suivre les représentations de Saint-George à Versailles. Il est fou. Et visionnaire. Je réalise soudain que cet homme sans cesse projeté dans l'avenir a consacré sa vie aux chevaux, qui sont, au contraire de lui, des hypermnésiques, des obsédés du passé. Bartabas, c'est un disciple de Jules Verne marié à un animal proustien.

9 septembre

Je suis retourné à Versailles voir *Le Chevalier de Saint-George, un Africain à la cour*, en compagnie de Teresa Cremisi et de Jean-Noël Pancrazi, heureux de les initier tous les deux à la magie de Bartabas, qu'ils ignoraient. J'aime, plus encore que la première fois, cette idée ironique du théâtre dans le théâtre qui définit et emmène les quatorze tableaux, car ce n'est pas la vie de Saint-George que Bartabas déroule comme dans n'importe quel son et lumière, c'est la représentation, par l'imaginaire cirque Zampano, de la métamorphose d'un esclave en dieu vivant. On est d'emblée dans l'imagerie fellinienne. Elle est servie par le défilé d'animaux géants en carton-pâte portés par les attelages, les carrousels équestres, la fabuleuse pyrotechnie en or et argent. En sortant, je vais embrasser Bartabas, qui arrive tout juste de sa répétition du Châtelet. Plus il est épuisé, plus il est radieux.

11 septembre

Longues promenades avec Eaubac. On s'arrête dans les champs devant les haies de mûriers.

En selle, à la bonne hauteur, je cueille des mûres que je lui tends. Sa longue tête se retourne vers ma main et avale les fruits noirs, juteux, avec gourmandise. On repart. Un peu plus loin, c'est lui qui s'arrête. Il a aperçu des mûres ; il me demande un supplément de dessert.

16 septembre

Il n'est plus que l'ombre filiforme de lui-même. Immobile sur son cheval, tout de noir vêtu par Yohji Yamamoto, le crâne rasé, il regarde le ciel rougeoyant se coucher là-bas, au fond de la scène. Il tourne le dos aux spectateurs, dont il semble presque ignorer la présence muette, tétanisée. Le temps n'en finit pas de s'arrêter. Lentement, Bartabas s'enfuit comme s'il avait décidé de ne plus revenir.

Il y a de l'oraison funèbre, de la leçon de ténèbres, dans ce spectacle éphémère d'une poignante beauté, d'une douloureuse harmonie, où il révèle l'essence et la rigueur de son art. Cette Chine imaginaire projetée au Châtelet est le point ultime du long voyage intérieur que, depuis *Chimère*, l'écuyer méditatif a entrepris, poussant toujours plus loin, toujours plus seul, son rêve de transparence.

Lorsque, à la fin de l'été, il s'est enfermé au Châtelet avec ses chevaux, parmi lesquels Horizonte, le Caravage, Pantruche, Soulages et Zanzibar, déjà il avait quitté son pays natal. Il n'était plus le chef de la tribu Zingaro, encore moins le patron de l'Académie de Versailles. Ni gitan ni monarque. Il ne dormait plus dans sa roulotte plantée sur le terrain vague d'Aubervilliers comme, pour la première fois, il renonçait à la piste circulaire. Nu, tel un cheval en liberté. D'ailleurs, était-il encore Bartabas, celui qui lisait les textes de Victor Segalen d'une voix d'outre-tombe, spectrale ? Segalen, le médecin de marine amoureux de Tahiti et de la Chine, le Breton plein d'Orient, le poète minéral de *Stèles*, l'intraitable ascète, mort dans la fleur de l'âge, à quarante et un ans, Segalen qui avait placé en tête de *René Leys* ce mot dont Bartabas aurait pu faire l'incipit d'*Entr'aperçu* : « Je n'insiste pas, je me retire. »

Sur une scène recouverte de poudre noire, volcanique, qui m'évoque la plage cendrée de Saint-Pierre, à la Martinique, et qui étouffe le bruit des sabots, les chevaux ne sont plus seulement des chevaux, ce sont des œuvres d'art vivantes qui dansent, volent, frémissent dans un décor dépouillé. L'homme n'est là que pour les panser, les parer, les saluer, les mimer, les écouter, rendre leurs muscles plus saillants, leur poil plus brillant et leur silence plus éloquent. S'il les monte, au galop ou au piaffer, c'est avec une légèreté de papillon crépusculaire. Pendant ce temps, les machines musicales de Claudine

Brahem font entendre le vent, la pluie, les vagues, la terre en mouvement, la tempête, les tremblements de l'âme, et la main de Yolaine Escande, calligraphe et peintre, trace des signes d'encre sur d'immenses panneaux.

Avec la calligraphie, Bartabas a en effet trouvé la plus exacte métaphore du geste pur que, sans cesse, il cherche à cheval. Comme l'écriture mandarinale, l'art équestre, lorsqu'il est exécuté avec justesse, n'admet ni hésitation ni repentir, et conduit à la verticalité. La main qui dessine, souple et précise à la fois, figure le corps du cavalier auquel son cheval rassemblé consent un équilibre parfait. Dans les deux techniques, rien n'est obtenu sans un long, austère et patient travail, mais seule la grâce, à l'instant de l'exécution, doit être visible.

À la fin d'*Entr'aperçu*, par le moyen de la vidéo, Bartabas quitte le Châtelet et, indifférent au flot des voitures, remonte dans la nuit le boulevard Sébastopol. Il n'insiste pas, il se retire. Il nous laisse, un peu ridicules, un peu coincés, dans les sièges en velours de ce vieux théâtre à l'italienne, dans le monde cossu et dérisoire des apparences. Il n'a donc fait que passer, en ombre chinoise. On ignore quand on le reverra. Peut-être avons-nous simplement rêvé. Lui est déjà de l'autre côté du miroir. Au terme de cette cérémonie des adieux, il a abandonné sa chaise roulante, ses lunettes noires, sa canne, sa carcasse d'humain. Il galope dans la nuit. On voudrait tant l'accompagner. Je sors du spectacle la gorge nouée.

Pris un verre, au sortir du Châtelet, avec Bartabas et Alain Cavalier. Le nomade d'*Entr'aperçu* et le cinéaste de *Thérèse* sont vraiment faits pour s'entendre, ce sont des formalistes mystiques dont l'exigence impérieuse ne s'accommode plus d'aucune complaisance artistique. À pas lents, ils s'évaporent. Vivants, déjà on les regrette.

18 septembre

Anne-Marie sur Danseur dans le grand manège. Magnifiques passage, piaffer et appuyers au galop. Délicieuses serpentines au milieu des colombes blanches. Un couple parfait, que j'observe avec admiration, et un peu de jalousie.

24 septembre

Au moment où j'arrive en Normandie, coup de téléphone du journal pour m'annoncer ce que, depuis quelques jours, je pressentais. Françoise Sagan est morte. Je passe une nuit blanche et, dans un état second — tristesse, fatigue, nostalgie d'une amitié de presque vingt-cinq ans, mais aussi exaspération de devoir toujours faire mon métier —, j'écris pour l'*Observateur* un article de vingt-deux mille signes qui commence ainsi : « Elle est déjà morte tellement de fois, Françoise Sagan, que l'on voudrait croire encore à une de ces insolences dont, toujours douée pour narguer le destin, miser gros et perdre ses gains, notre miraculée nationale avait le redoutable secret. Car elle était habituée à l'extrême-onction comme nous le sommes au tiers provisionnel. Mais voilà, dans sa blouse blanche, Yves Buzens, le directeur du centre hospitalier d'Honfleur, est formel : "Mme Sagan a succombé à une décompensation cardio-respiratoire le vendredi 24 septembre, à 19 h 35. Son fils, Denis, était à ses côtés." Elle avait soixante-neuf ans. »

Par la fenêtre ouverte sur la campagne entrent dans mon bureau des effluves de nuit marine. Honfleur n'est qu'à une quinzaine de kilomètres de notre maison du Mesnil. Étrange impression d'écrire dans l'urgence sur celle qui repose en paix de l'autre côté de la colline. Loin de la légende du charmant petit monstre nyctalope, j'aimais beaucoup la Françoise d'Équemauville, la Sagan colettienne, celle qui faisait des siestes dans l'herbe, sous de merveilleux nuages, bercée par le chant des oiseaux sidérés par la beauté du monde. Entre Françoise et moi, il y avait les chevaux. Elle me parlait toujours avec une fièvre enfantine de son vieux Poulou que son père avait arraché à la boucherie et que, petite fille, elle montait à cru dans les causses de son Lot natal, au fond des bois d'acacias. Poulou était vieux, maigre, grand, fainéant et blond. Il avait offert à la romancière libertaire sa première sensation d'indépendance. Ensuite, elle avait fait un peu de concours hippique, des promenades à Fontainebleau et sur les plages tunisiennes. C'est à cheval, au triple galop, qu'elle avait éprouvé, me disait-elle, à la fois l'extrême jouissance de vivre et l'acceptation de mourir. Son grand et bel amour, c'était Hasty Flag, fils d'Herbager et glorieux galopeur qui, au début des années quatre-vingt, avait gagné à Auteuil sous ses couleurs — casaque bleue, épaulettes et toque noires — et l'œil brillant de William Styron, qu'elle avait initié à notre franchouillard PMU. Lorsqu'elle avait mis son crack à la retraite, il était devenu étalon dans un haras du Calvados où il mangeait de l'herbe grasse et faisait l'amour sous abri, ce qui semblait à Françoise être mieux qu'une retraite, une manière de morale transitoire. « Le cheval, dans tous les sens du mot, me transporte, écrivait-elle dans *Et toute ma sympathie*... Quelque chose dans l'encolure, dans le frémissement, dans l'allure, quelque chose de fier, d'un peu farouche, cette crinière, cette robe me fascinent et me touchent. » Elle pensait que, à pied, la terre était interminablement plate mais que, en selle, elle semblait magnifiquement ronde.

À la fin de sa vie, où la misère augmentait la souffrance, Françoise, les os brisés et le cœur en capilotade, pesait le poids d'un petit animal sauvage pris au piège, trente-cinq kilos. Un profil perdu. Alors, fatiguée d'avoir l'élégance de se survivre, elle a fini par mourir, de guerre lasse. Et tandis que j'écris ces lignes dans la nuit obscure du pays d'Auge, je me rassure en pensant qu'avant de s'éteindre à Honfleur, elle a respiré l'entêtant parfum des tilleuls d'Équemauville ployés par le vent de la Manche et qu'elle a rêvé une dernière fois d'Hasty Flag, ce cheval élégant, joyeux et rétif qui, somme toute, lui ressemblait tant.

30 septembre

Bartabas, épuisé par les spectacles successifs de Versailles et du Châtelet, est parti pour la première fois se reposer trois jours en Bretagne. Il m'appelle, de son portable, sur la route du retour. Il a une voix de rescapé : « Je n'avais jamais pris de vacances, mais là, j'en avais vraiment besoin. C'est le Châtelet, où j'ai été enfermé pendant deux semaines, et le mauvais accueil d'*Entr'aperçu* par la presse, qui m'ont le plus déstabilisé. C'est une expérience que je ne reproduirai pas. » Il m'annonce qu'il s'envole lundi prochain pour le Japon afin de préparer la venue, en 2005, de *Loungta* à Tokyo.

3 octobre

Ce sont des gamins. Un peu plus sombres que les autres, plus têtus, aussi. Pour l'occasion, ils portent un costume mal taillé et une cravate noire. De leurs manches sortent des petites mains rugueuses, abîmées, paysannes, qui ont déjà beaucoup curé les box, porté les bottes de foin, ciré les cuirs et serré les rênes des pur-sang au canter.

C'est un dimanche d'octobre, jour du mythique prix de l'Arc de Triomphe, à Longchamp. Sans rien montrer de leur émotion, qui déborderait s'ils n'avaient tant appris à la contenir, les trois enfants entrent, intimidés, dans le vestiaire où les jockeys enfilent leur habit de lumière, vont ensuite admirer sur le rond de présentation les athlètes aux muscles gonflés et aux veines saillantes, applaudissent enfin à la victoire de leur idole, Christophe Soumillon, après un galop frénétique de deux mille quatre cents mètres. Ce Belge de vingt-deux ans, cravache d'or 2003, remporte en pleurant de joie le prix de l'Arc de Triomphe avec Dalakhani, propriété de l'Agha Khan. Leur autre modèle, c'est Olivier Peslier, trente ans, triple vainqueur de l'Arc de Triomphe.

Les trois apprentis les regardent comme, autrefois, les élèves du Conservatoire observaient Gérard Philipe, avec la fascination étonnée des terriens frôlés, au crépuscule, par le souffle d'un archange. Oh, ils ne prétendent pas à cette gloire-là, irréelle, non, ce qu'ils voudraient simplement, c'est pouvoir porter un jour la casaque en soie et courir, ne serait-ce qu'une fois, sur un grand hippodrome et devant un public brûlant. Ils sont encore en formation au Moulin à van, le centre des futurs jockeys, et ils savent que les places sont comptées : un sur cent, pas davantage, a une chance de faire carrière. Il y a donc chez eux un mélange raisonné d'illusions et de lucidité. La tête dans les étoiles, les pieds dans le fumier. À douze, treize ans, ils pensent déjà, si la légende des courses ne veut pas d'eux, à leur reconversion dans le monde du cheval où la majorité des passionnés travaillent dans l'ombre et le purin.

Homéric, cinquante ans selon l'état civil, quinze dans son cœur, se souvient. Lui aussi a rêvé, dès son plus jeune âge, du « galop fou des pur-sang sur le velours des pistes ». C'était à la fin des années soixante, il s'appelait encore Frédéric Dion et pesait alors trente-cinq kilos. Il voulait être Yves Saint-Martin ou Jean Deforge dont il dit qu'ils figurent l'« idéal cavalier ». Il s'imaginait « gladiateur » dans l'arène enherbée. Il avait connu également la dure école du Moulin à van, ses nuits trop courtes, ses brimades barbares, ses coups de poing et de fourche aux écuries, ses chutes graves au galop. Après quoi, il avait été apprenti chez John Cunnington junior à Chantilly, jockey chez le duc de Blacas à Beaupréau, et il avait disputé quelque cent cinquante courses. Devenu l'écrivain du *Loup Mongol* et de *Lady Love*, l'amoureux et statuaire d'Ourasi n'a jamais oublié, sous ses cuisses, le sang bouillonnant et le feu brûlant des cracks propulsés vers la victoire. Il a même retrouvé le journal intime qu'il tenait pendant ses années d'apprentissage, et où il jetait, pêle-mêle, ses joies, ses souffrances, ses espérances, son spleen, et les odeurs puissantes du cheval trempé par l'effort.

Dans le beau et sensible film qu'a réalisé Jackie Bastide, dont la caméra ressemble à un pinceau et que Canal + diffuse aujourd'hui, Homéric est allé à la rencontre de ces garçons et filles (car, dans le vieux monde des courses, la mixité est une idée neuve !) qui, sur les allées soyeuses de Chantilly, ambitionnent de devenir jockeys, espèrent ne jamais grandir ni grossir, aspirent à l'éternelle légèreté, à l'enfance de l'art équestre. Avec tendresse, il a suivi ces adolescents maigres et opiniâtres, dont la plupart deviendront lads, depuis leurs premiers galops d'entraînement sur la main jusqu'à la course-école dans un hippodrome bondé où, « tapis dans le col de l'animal », ils découvrent l'ivresse non pas de gagner, qu'importe après tout, mais de voler. J'ai rouvert, d'Homéric, *Œdipe de che-*

val : « J'aime sentir la force du cheval m'arracher du sol, sa crinière me balayer le visage et sa folie m'emporter dans les airs, la chanson du vent dans la tête. La vitesse, c'est la vie, car on l'oublie cette vie, juste concentré sur cet accéléré, avide de cette fuite. » Ce film l'atteste, Homéric n'est jamais redescendu.

4 octobre

Chaque jour m'apporte son lot de lettres. À travers *Bartabas, roman*, les lecteurs me parlent d'eux, de leur relation singulière avec le cheval. J'ai toujours pensé que je montais pour moi mais que j'écrivais pour les autres. Je suis donc un auteur comblé.

Dans le courrier de ce matin, une longue lettre de François R. me touche particulièrement. Il me dit être devenu vétérinaire pour calmer les souffrances des chevaux. Et il ajoute : « Mais les hasards de la vie m'ont conduit à quitter mes fonctions de praticien car j'aurais souhaité que les animaux viennent seuls à la consultation. » On dirait une phrase de Marcel Aymé.

5 octobre

Pierre Moustiers m'écrit que, avec Bartabas, je mets en scène dans mon livre « un personnage lyrique dont Shakespeare aurait apprivoisé la démesure ».

7 octobre

Journée à Lille où j'enchaîne débats et interviews. Et toujours, cette étrange, émouvante cohorte de jeunes filles pour qui le cheval est la seule raison de vivre et qui me remercient de prendre, dans mes livres, leur passion au sérieux.

Le soir, sur le plateau de *Campus*, Guillaume Durand diffuse, outre des images des spectacles de Bartabas, des archives de mes émissions d'autrefois consacrées à Chirac et à Sagan. C'était il y a vingt ans. Je ne supporte pas de revoir le garçon que j'étais, raide, dandy, prétentieux, premier de la classe, etc. Une vision d'horreur. C'était bien avant que je rencontre les chevaux. Il me semble qu'ils m'ont sauvé du pire.

8 octobre

Dans sa chronique du *Populaire du Centre*, Christian Signol cite ce mot magique de Giono au sujet d'Angelo : « Un épi d'or sur un cheval noir. »

9 octobre

Basse-Normandie : voici, sous un titre à faire fuir les spectateurs, le film le plus improbable qu'on puisse imaginer. Essayons de le résumer. C'est l'histoire d'un couple. Elle, Patricia Mazuy, est la réalisatrice de *Saint-Cyr*. Lui, Simon Reggiani, est comédien. Ils vivent avec leurs enfants, façon baba cool, dans un presbytère du Bessin qu'ils ont retapé. (J'avais dîné avec eux il y a deux ans, près du Brévedent, ils m'avaient paru assez allumés.) Simon, revenu de ses illusions philanthropiques, a la passion des chevaux. Il a soudain l'étrange idée de la mêler à son métier : les *Carnets du sous-sol*, de Dostoïevski, c'est en hauteur, en selle, qu'il va donc les dire. Et pas n'importe où : au Salon de l'agriculture, devant mille sept cents éleveurs et agriculteurs. Son projet déraisonnable est sponsorisé par la région Basse-Normandie, qui lui offre de s'y préparer dans le cadre austère et magnifique du haras national du Pin. (Le directeur, Bernard Maurel, joue son propre rôle avec un naturel confondant.)

Avec sa caméra, Patricia Mazuy, partagée entre les larmes et les fous rires, filme non seulement l'histoire chahutée de son propre couple mais aussi toutes les étapes de ce théâtre impossible qui défie le bon sens. Car tout est antinomique : monter et jouer en même temps ;

confier un rêve artistique aux institutions de la République ; réconcilier la FNSEA et les intermittents du spectacle ; suer à grosses gouttes pour donner à entendre la voix rauque de Dostoïevski au milieu des beuglements de vaches ; et faire un film de cette équipée sauvage, burlesque, pathétique, où l'humour involontaire des situations accuse, sous les yeux de sa propre femme, l'inconsolable solitude de l'acteur cavalier.

C'est finalement le portrait d'un Quichotte punk que signe la cinéaste de *Peaux de vaches*. Les dernières images le montrent en trotting sur le sable d'Omaha Beach, dans le soleil levant. À la manière de Sancho Pança, Patricia Mazuy suit à pied « le chevalier à la triste figure ». Le film aurait dû s'appeler Don Quichotte de la Manche.

10 octobre

Un vent fou balaie la plaine du Faulq. Eaubac s'emballe. Triple galop dans les champs qui viennent d'être retournés. Moi, aussi excité que mon cheval. Deux enfants pas sages. Une heure plus tard, on rentre aux écuries tête basse, les pieds sales, comme si on avait fait dans les labours de grosses bêtises.

12 octobre

Christopher Reeve est mort, à cinquante-deux ans, près de New York qu'il avait jadis survolé en tunique bleue et cape rouge. Il avait été l'invulnérable Superman. L'atlante n'était pas seulement athlétique, il était aussi beau. En mai 1995, cet excellent cavalier avait fait une violente chute en concours hippique, sur un obstacle que son cheval avait refusé. Deux vertèbres cervicales brisées, la moelle épinière sectionnée, le héros volant qui bravait autrefois les lois de la pesanteur était devenu tétraplégique. Le rêve d'Icare avait tourné au cauchemar terrestre. L'amour qu'il vouait à sa femme l'avait retenu de céder à l'envie du suicide. Il s'était juré de remarcher un jour, mais il n'avait jamais pu quitter son fauteuil roulant.

13 octobre

Simon Reggiani parle de *Basse-Normandie* dans *Le Monde* : « Faire le punk ou faire du cheval, c'est pareil : c'est à la fois commencer quelque chose de nouveau et chercher un regard. »

16 octobre

J'aime beaucoup ce vieil éleveur de trotteurs dont je ne connais pas le nom et que je croise souvent dans la librairie de Pont-l'Évêque. Depuis qu'il m'a demandé de lui dédicacer mes livres, il me donne du « Bonjour, monsieur Jérôme » et me demande d'écrire davantage. Je lui explique que ça ne vient pas si vite. Ça l'étonne. Il ne regarde jamais la télévision. Le soir, il dévore des romans. Sa passion du moment : Christian Signol. Il me parle de ses trotteurs aussi amoureusement que si c'étaient des femmes et me demande à voix basse des nouvelles d'Eaubac comme si c'était ma jeune et mutine maîtresse.

17 octobre

Grand galop matinal sur la plage de Deauville. Il pleut et il vente. Eaubac est colère. Il tient les éléments naturels, lorsqu'ils sont déchaînés, pour des ennemis personnels et s'en offusque en multipliant les pirouettes. Au bout d'une demi-heure, le temps s'apaise et, comme toujours en Normandie, surgit une belle éclaircie. Eaubac retrouve, la tête relevée, ses allures gaies et fières. Je l'empêche d'aller boire l'eau salée, son mousseux préféré.

19 octobre

Une femme, Albane Gellé, poète et cavalière de randonnée, m'envoie son manuscrit intitulé

Je, cheval. Il y a de belles images, comme celle-ci : « Entre le cheval et moi, rien ne se plaint. » Je me sens « dans » ses poèmes comme, parfois, on se sent « dans » le cheval.

22 octobre

Dans le train de Pont-l'Évêque, un homme aux cheveux blancs m'aborde. Il s'excuse de me déranger, mais il a lu *C'était tous les jours tempête.* Bruno C. était agriculteur près d'Évreux, avait quatre chevaux qu'il montait en concours complet, surtout l'hiver, quand les champs sont au repos. Aujourd'hui, il travaille à Paris, dans la finance. Il me tend sa carte de visite. « Maintenant, les chevaux, c'est fini. Avec eux, c'est tout ou rien. » Il est maintenant dans le rien. Mais le tout lui manque affreusement.

23 octobre

Ça y est, la forêt du Brévedent a, sous le soleil, ses couleurs d'automne. Je me promène avec Eaubac au milieu de l'or, du pourpre, de l'ambre, du grège. Je suis ému par la beauté des arbres comme un enfant. Au loin, des coups de fusil. Un chevreuil aux abois s'enfonce dans les taillis. Sauvé pour quelques heures. Eaubac, complice de cette jolie fuite.

Le soir, magnifique représentation, à Caen,

du Cadre noir de Saumur accompagné par l'orchestre, installé au bout de la piste, que dirige Stéphane Béchy — non seulement chef, mais aussi, je l'apprendrai en parlant avec lui, cavalier et propriétaire d'un anglo. Bach et Haendel scandent le carrousel. Pour la première fois, les écuyers accompagnent leur reprise traditionnelle d'excellentes leçons sur l'histoire équestre (qui était d'Aure et qui Baucher), sur les figures de basse et haute école. Le public, trois mille personnes, est enthousiaste. Il aime la pédagogie. Après le spectacle, on prend un verre de champagne avec les écuyers, le toujours souriant colonel Loïc de La Porte du Theil, l'austère maître écuyer Jean-Louis Guntz (qui a donné ce soir un sublime passage), le trop modeste Didier Courrèges, malgré sa médaille d'or aux Jeux olympiques, et Olivier Puls, le cavalier de Verdi qui discute avec Anne-Marie des incomparables vertus du lusitanien.

24 octobre

Repensé à la belle soirée d'hier. C'est ainsi, les catholiques vont à Saint-Jacques-de-Compostelle, les musulmans à La Mecque, et les cavaliers à Saumur. Il faut des lieux sacrés pour mettre sa foi à l'épreuve. Même si le mythique Cadre noir a quitté depuis vingt ans la vieille ville protestante et gagné les hauteurs ventées de Terrefort, c'est là-bas, au cœur de l'Anjou, que l'on va chercher l'invisible secret de l'art équestre et l'amitié des hommes auxquels, par tradition mais aussi par goût, les chevaux aiment à se confier.

Ces maigres écuyers, qu'ils travaillent seuls ou présentent un carrousel, qu'ils soient civils ou militaires, qu'il fasse chaud ou froid, sont toujours vêtus de noir. Ce n'est pas qu'ils observent les règles d'un ordre monacal et portent le deuil du temps révolu où leurs aïeux paradaient devant les rois. C'est afin de mieux mettre en valeur l'éclat de leurs montures. À la fois ambitieux et humbles, ils s'effacent devant les exploits du selle français ou de l'anglo dont ils ont été, année après année, les discrets pygmalions. À Saumur, l'or, le blanc, le parme, et le soleil de Louis XIV sont réservés aux athlètes à quatre jambes ; les cavaliers, eux, restent d'ébène.

Peut-être un jour écrirai-je, à ma façon, personnelle et byzantine, l'histoire de cette magistrale école du beau et de la rigueur. J'appellerai mon livre *Noir*, tout simplement. Il faudra parler des origines, de ce lointain XVIe siècle où Monsieur de Saint-Vual, formé selon les principes d'Antoine de Pluvinel, écuyer personnel du jeune Louis XIII, dirigea à Saumur la première académie d'équitation. Je citerai aussi le duc de Choiseul, à qui Louis XV confia la tâche de réorganiser la Cavalerie française et de construire, sur le Chardonnet, les manèges et écuries capables d'accueillir les officiers de tous les régiments. Je regretterai au passage que la Révolution ait sacrifié les chevaux, comme si leur prestance régalienne contrariait sa Constitution. L'année 1814 est la date de naissance officielle de l'École de Saumur, où l'on enseigne les principes d'équitation militaire et où l'on pratique, montés ou à la main, les airs relevés — courbette, croupade et cabriole. Apparus sous la Renaissance italienne, ils ajoutent à l'éclat des carrousels et demeurent aujourd'hui la marque spécifique du Cadre noir. Je dresserai avec émotion la liste des écuyers en chef, surnommés « les grands dieux », au paradis desquels figure le général L'Hotte, qui se sont succédé à la tête de ce corps d'élite dont on connaît la prière matinale : « Calme, en avant, droit et léger. » Tous, de Saint-Phalle à Decarpentry, de Danloux à Margot, de Saint-André à Durand, de Carde à La Porte du Theil, ont su faire l'intelligente synthèse des théories du comte d'Aure, qui préconisait une vigoureuse monte d'extérieur, et des doctrines de François Baucher, qui prônait au contraire une équitation d'intérieur, une équitation d'artiste. Enfin, j'évoquerai les écrivains, de Paul Morand à François Nourissier, qui, attirés par une mythologie, peut-être même une mystique, ont sacrifié avant moi à la magie du lieu.

À l'époque du commandant Gardefort, le héros de *Milady* épris d'absolu, Saumur était un sanctuaire. On s'y montrait volontiers misanthrope, misogyne et intégriste. On était très à cheval sur la tradition. On se voulait les farouches dépositaires d'un Saint-Graal. Les carrousels tenaient de la liturgie. La tunique noire se portait comme une soutane. Le temps a passé. L'exigence est restée mais le fondamentalisme a disparu. Depuis qu'il a intégré, en 1972, l'École nationale d'équitation, un établissement public placé sous la tutelle du ministère de la Jeunesse et des Sports, et qu'il travaille dans des installations modernes, sur un plateau de trois cents hectares, le Cadre noir s'est ouvert au monde. Il ne se regrette plus. Désormais, il accueille des femmes et compte dans ses rangs plus de civils que de militaires. Il se consacre à former les cadres supérieurs de l'équitation et à perfectionner les compétiteurs. Il conjugue l'art et le sport. Mais il faut attendre que tombe la nuit pour que le Cadre noir sorte le harnachement de gala, la selle de velours amarante, l'habit à broderies d'or, le légendaire lampion, et présente, par amour du prestige, ses impeccables reprises de manège et de sauteurs en liberté. On applaudit alors ces vertus ancestrales qu'il n'a laissé de cultiver, la finesse, la légèreté, l'harmonie des attitudes, la rigueur des tracés et le parfait équilibre.

8 novembre

Dinu Lipatti, cet archange du piano mort à trente-trois ans dont on vient de rassembler en quatre CD les palpitants enregistrements, disait : « Ne vous servez pas de la musique, servez-la. » La formule vaut pour le cheval.

14 novembre

Reçu cette dépêche du ministère de la Culture : « Vous trouverez ci-joint le communiqué de presse annonçant l'ouverture exceptionnelle de boîtes de plomb scellées découvertes à l'intérieur de la statue équestre de Henri IV, sise sur le Pont-Neuf, vendredi 19 novembre à 16 h au ministère de la Culture et de la Communication. » On dirait une blague de Pierre Dac.

20 novembre

On a finalement ouvert le ventre du cheval d'Henri IV. On y a trouvé sept petites boîtes qui auraient été déposées en 1818 au moment de la réfection de la statue. Elles contiennent notamment *Les Économies royales*, les Mémoires de Sully, *La Henriade*, de Voltaire, et vingt-six médailles de bronze à l'effigie de Louis XVIII. Sous les flancs, l'histoire de France.

26 novembre

Le plus grand peintre chinois de chevaux était un jésuite italien. Né en 1688 à Milan, Giuseppe Castiglione entra dans la Compagnie de Jésus en 1707. Après avoir peint de nombreuses scènes bibliques, un saint Ignace, un archange Raphaël, dans les chapelles italiennes, il arriva en Chine en 1715 où, en fait de mission catholique, il offrit ses services de peintre mais aussi d'architecte, de décorateur et de jardinier à l'empereur Kangxi. Le frère Castiglione devint alors Lang Shining, « l'homme des mers occidentales ». Plus jamais il ne retourna en Italie. Avec un réalisme parfait, où il conjuguait la technique européenne et l'esprit chinois, il peignait des chiens, des oiseaux, des faucons, des singes, des poissons, des fleurs mais surtout les coursiers impériaux. L'une de ses œuvres les plus célèbres est un rouleau de soie long de sept mètres soixante-seize, haut de quatre-vingt-quatorze centimètres, qui représente cent chevaux en liberté. Ce peintre prodigieux mourut à Pékin en 1766 et il fut même gratifié, en remerciement de son art et de sa fidélité aux empereurs successifs Kangxi, Yongzheng et Qianlong, du titre posthume de « vice-ministre ». Trois cents onces d'argent furent offertes pour les frais de ses funérailles nationales, dans le cimetière chrétien de Zhalan.

Cela faisait longtemps que Jean-Louis Gouraud les avait remarqués dans des reproductions, ces petits chevaux chinois ronds et ludiques, sans trop savoir d'où ils venaient. Alors, l'érudit équestre est parti sur leurs traces. Après avoir interrogé les spécialistes français d'art chinois, il est allé jusqu'au musée national du Palais de Taipei où, insigne privilège, on a sorti pour lui d'un coffre-fort les précieux rouleaux de Castiglione, parmi lesquels celui qui lui avait demandé quatre ans de travail : « Les cent coursiers ». « Tous, précise Gouraud, dans des attitudes, des positions, des postures différentes, tous de robes, de couleurs, d'états différents, éparpillés dans un vaste paysage panoramique, vallonné, hérissé d'arbres et traversé par une rivière. » Par une prouesse éditoriale inédite, ce rouleau est reproduit sur un dépliant de deux mètres quarante de long et glissé au cœur du seul livre jamais consacré, en France, à cet artiste oublié. L'œuvre nous vient, intacte, vivante, galopante, du fond du XIXe siècle et de l'Extrême-Orient. Pour raconter l'histoire de ce jésuite italo-chinois qui peignait aussi bien des cavaliers attaquant des brigands à la lance que de gracieux chevaux afghans, Jean-Louis Gouraud a convoqué les meilleurs spécialistes, parmi lesquels les conservateurs du musée national du

Palais, des sinologues français et des jésuites. Jamais on n'avait mieux senti combien, dans la civilisation chinoise, le cheval jouissait d'un immense prestige. « Il incarne, explique Yolaine Escande, la liberté de l'esprit. Peindre un cheval revient à s'échapper. » Car, en Chine, le cheval n'est pas seulement un animal, c'est aussi un idéal. Ce que Giuseppe Castiglione pressentait, Lang Shining l'a peint.

27 novembre

Il avait deux ans, de longues oreilles, une encolure trop grande, « une sorte de sourire » et des origines modestes. Il s'appelait Karma des Êtres. C'était son seul atout. D'emblée, Christophe Donner, ou plutôt le narrateur de son roman, en est tombé fou amoureux. Sous sa robe alezan terne, il a senti en lui un cœur gros comme ça. Donc, un futur crack. Course après course, obstinément il l'a joué. Personne n'y croyait, sauf lui, qui répliquait aux sceptiques : « Karma ne trotte pas, il réinvente le trot. » Sa passion est devenue le centre de sa vie, son obsession quotidienne, son rêve éveillé. Sous le prétexte que sa femme voulait un manteau à col de vison, il s'est promis de le lui offrir avec les trois mille euros que Karma ne manquerait pas de lui rapporter. C'était un pari doublé d'un défi : car Lucia détestait les courses. En l'habillant, il étouffait ses quolibets. En la comblant, il exprimait sa flamme de turfiste. Voici, sur la folie PMU, sur l'orgueilleuse solitude du parieur, un roman bref, juste, émouvant et très drôle. Chroniqueur épique, l'auteur de *L'Influence de l'argent sur les histoires d'amour* convoque Kant mais aussi Pascal à Vincennes et fait palpiter le lecteur. C'est un champion des lettres.

1er décembre

Déjeuner très sympathique, très complice, au *Bistrot 121*, un restaurant de la rue de la Convention, avec le colonel Loïc de La Porte du Theil, Bernard Maurel, directeur du haras du Pin, Jean-Paul Guerlain, et quelques autres toqués d'équitation. On est si différents les uns des autres, et en même temps si proches. Drôle de monde un peu sauvage et très civilisé qui unit si fort les contraires. On doit attribuer aujourd'hui le prix Centauriades au plus beau livre consacré cette année au cheval. Je bataille ferme en faveur de *Castiglione*. Je plaide l'originalité absolue du sujet, la qualité technique de l'ouvrage et surtout la bouleversante destinée de peintre délicat de la Compagnie de Jésus dont les chevaux célestes effleurent des nuages de soie. J'aurais bien aimé en faire un personnage de roman.

Le soir, je file à Aubervilliers. Bartabas m'a

appelé hier soir. Il veut que je voie, dans sa petite salle de montage, la première version filmée de *Entr'aperçu*. Constance, la monteuse, m'attend et me laisse seul devant l'écran. Pendant que, à vingt mètres de là, se donne *Loungta* sous le chapiteau, et que me parviennent en écho les voix graves des moines de l'Himalaya, je pars pour la Chine de Segalen, fasciné, comme au Châtelet, par la beauté sombre et l'esthétique calligraphiée du spectacle. J'avais oublié — le film le montre mieux — l'épilogue, lorsque se retrouvent et se reconnaissent, face à face, tête de cheval contre tête de cheval, le noir Bartabas et la blanche Solenn.

Après quoi, je vais dîner avec Bartabas. Il est très soucieux. Je lui donne des bonnes nouvelles de *Bartabas, roman*, lui résume les belles lettres de lecteurs que je reçois, lui apporte même un grand dessin de Zingaro que m'a offert une jeune femme, mais rien n'y fait. Il est pessimiste, il semble plus seul que jamais. Son administrateur vient de le quitter. Patricia, la chère, l'indispensable Patricia a confirmé son départ pour le printemps prochain. L'auteur du livret du *Chevalier Saint-George* lui fait un procès. Le voyage au Japon, prévu en mars prochain, pose bien des problèmes. Il veut agrandir l'Académie de Versailles, pour laquelle il lui faut déjà trouver le thème du grand spectacle de l'été 2005. Et il se soucie de l'après-*Loungta*. « J'ai très envie, me glisse-t-il, de céder à la tentation que tu décris dans ton livre : foutre le camp à l'autre bout du monde et disparaître à jamais. »

2 décembre

C'est l'anniversaire du coup d'État. Serge Lecomte, vice-président de la Fédération française d'équitation, en profite pour renverser l'actuelle présidente, Jacqueline Reverdy, et se faire élire par des cadres de la Fédération rassemblés au Salon du cheval. Jacqueline, fragile mais vaillante, en appelle aux tribunaux. Résultat : le ministère des Sports menace de retirer son agrément à la Fédération, c'est-à-dire couper les aides financières et interdire les compétitions officielles. Jamais la passion du cheval n'a été plus forte en France, jamais l'institution censée l'incarner n'a été plus malade. L'équitation crève d'être représentée par un quarteron de machistes dont l'appétit de pouvoir est sans limites. Pas étonnant que ce sport magnifique, que ce loisir généreux, continue d'avoir, en France du moins, une si mauvaise image.

4 décembre

Promenade longue et magnifique avec Eaubac dans une campagne blanche et sous une pluie cantonale. Les arbres se découpent dans la brume comme des ombres chinoises. Les cloches des villages se répondent. J'aime les moments où, au milieu des champs, sans que je lui demande, Eaubac prend soudain le galop, un galop enfantin, un galop de cheval en liberté, un galop festif. Rentré aux écuries, j'enlève ma selle d'Eaubac pour la mettre aussitôt sur Holliday avec qui, pendant une heure, je travaille en carrière sur le plat.

Le soir, dîner à *La Galerie*, ravissant petit restaurant au pied de l'église du Mesnil, avec Françoise Kloninger et son mari, Pierre. Françoise, dresseuse hors pair chez qui Anne-Marie va travailler désormais chaque vendredi avec Danseur, raconte ses débuts d'autrefois chez deux stars françaises du dressage. Les portraits qu'elle fait sont effrayants. Égoïsme, vanité, méchanceté, jalousie, mesquinerie disproportionnés. Plus de la paranoïa. Françoise leur doit d'être devenue la cavalière exceptionnelle qu'elle est, mais elle leur doit aussi d'avoir très tôt découvert l'horreur de la compétition de haut niveau. Étrangement, elle n'en a gardé aucune amertume. Mais elle promet de retourner un jour, avec son cheval, à Aix-la-Chapelle et même d'aller aux Jeux olympiques. Anne-Marie écoute son professeur avec ravissement.

5 décembre

Promenade en forêt. Les chasseurs, par dizaines, tirent dans tous les sens. Je passe avec Eaubac, indifférent, au milieu des balles. J'ai soudain l'impression d'être Fabrice à Waterloo.

6 décembre

Dans le très beau film d'Arnaud Desplechin, *Rois et reine*, si drôle et poignant à la fois, Emmanuelle Devos accompagne l'agonie de son père, joué par Maurice Garrel. Avant de mourir, cet écrivain met le dernier mot à son manuscrit. Il s'intitule *Cavalier seul*. J'ai soudain envie de donner ce titre à ce journal équestre.

Pourquoi Garrel me trouble-t-il tant ? Sans doute à cause de *La Maison des Bories*. C'est un film de Doniol-Valcroze que j'étais allé voir avec mon père, peu de temps avant sa mort, au début des années soixante-dix, dans un cinéma niché en haut de la rue Saint-Jacques. Je ne l'ai jamais revu depuis. Je n'ai jamais voulu le revoir. Mais je me souviens très précisément, comme si c'était hier, de la musique solaire de Mozart, de la lumière dorée de Sisteron, de la beauté de Marie Dubois, du visage grave, bougon, de Maurice Garrel et surtout de la présence douce, intelligente, complice, à mes côtés, de celui que j'appelais « papa » et qui m'appelait « mon fils ».

15 décembre

C'est la troisième fois que je vais voir Julien Gracq à Saint-Florent-le-Vieil. J'ai maintenant mes habitudes. Je monte dans le train pour Angers, où je loue une voiture qui, sous un beau soleil d'hiver, longe la Loire, passe devant le château de Serrant, traverse les coteaux d'Ancenis, salue de vieux moulins sans ailes ni emploi. Comme chaque fois, j'aime à retrouver, juste avant d'emprunter le double pont suspendu qui mène à Saint-Florent, l'herbage profond où galopent des chevaux en liberté. C'est un signe de ralliement.

« Les chevaux m'ont toujours fait peur, me dit Gracq, avec qui je bavarde dans le salon ténébreux de sa maison vide. Cette inquiétude naturelle qu'ils ont, ils me la transmettent. » Il me raconte l'époque lointaine où, enfant, il allait assister avec ses parents au Carrousel de Saumur. C'était le temps où le Cadre noir logeait encore dans la vieille ville protestante et brillait dans son grand manège blanc. « Mais les plus beaux chevaux de Saumur, ajoute-t-il, ne valaient pas la vieille jument Volante que mon père, ce républicain farouche, attelait pour aller vendre sa marchandise aux quatre coins du canton. Volante dormait dans un box en contrebas de notre maison et ça me rassurait. »

L'horloge notariale du couloir sonne treize heures. Gracq s'habille, ferme consciencieusement les volets et la porte à clef, et on va tranquillement, par les quais, déjeuner à *L'Hostellerie de la Gabelle*. Il n'a pas perdu son appétit. Salade aux chèvres chauds, truite saumonée, glaces à la noisette et à la fraise, le tout arrosé de muscadet. L'auteur du *Balcon en forêt* a la forme. À table, il est intarissable.

Le siècle, sur ses épaules maigres, paraît soudain si léger ! Il dit qu'on n'imagine pas combien, en 1914, les maisons étaient noires et sales à Saint-Florent — « des taudis ». Il ajoute que la Première Guerre mondiale est le seul moment où la France ait vraiment été « unie ». Il se souvient du temps où, avant le Front populaire, le droit de grève n'existait pas dans les lycées : jeune professeur révolté, il avait été sanctionné par Édouard Daladier. Il monte le ton pour signifier qu'il a déchiré sa carte de la CGT le jour du pacte germano-soviétique. Il parle de son ami André Breton comme s'il l'avait croisé hier au Quartier latin et des *Épiphanies* d'Henri Pichette, avec Maria Casarès et Gérard Philipe, comme d'une nouveauté. Il reste curieux de Sunsiaré de Larcône, la jeune femme dont Roger Nimier s'était épris et qui est morte à ses côtés, dans les tôles froissées de l'Aston Martin. « Elle avait un tout petit talent littéraire, mais un très joli pseudonyme », ajoute-t-il, mutin, mordant et bavard. Derrière ses rideaux de cretonne, le retraité de l'Éducation nationale s'amuse de s'être survécu ; depuis son balcon en Anjou, il observe en plongée l'histoire de France. « Je trouve qu'elle vieillit sur des privilèges obsolètes, la France », me dit-il. Et, dans un sourire : « Vous me trouvez un peu réac, non ? »

Il est réconfortant d'aller rendre visite à Julien Gracq le jour où l'Académie française se flatte de recevoir, tambour battant, sinon le romancier du *Passage*, du moins le président Giscard d'Estaing. Tandis qu'on se pressait quai de Conti pour applaudir l'impétrant chamarré, je n'ai croisé, rue du Grenier-à-Sel, en fait de célébrités, que deux mouettes claudicantes en quête de mer et un chat de gouttière, retour de la chasse. En hiver la Seine s'agite, mais la Loire est calme. Sur l'Académie, le sage persiste : « Il n'y a aucune raison d'être contre — il suffit d'être, bien entendu, dehors. On peut s'amuser de la parade de la relève à Buckingham Palace sans vouloir pour autant s'engager dans les Horse Guards. »

À quatre-vingt-quatorze ans, l'auteur de *La Littérature à l'estomac* n'a rien perdu de sa liberté grande. C'est fou ce que l'indifférence aux honneurs préserve et le dégoût du paraître rajeunit. Gracq semble avoir toujours l'âge insolent auquel, pour *Le Rivage des Syrtes*, il rejeta le prix Goncourt et refusa, par crainte d'un malentendu, de figurer dans les collections de poche. Sa seule concession à l'immortalité, qui est « la permission de continuer à vieillir une fois mort », tient dans deux beaux volumes de la Pléiade. Car l'auteur de *Au château d'Argol* est le seul écrivain vivant à être relié pleine peau souple et doré à l'or fin, vingt-trois carats. Depuis que ses romans, essais et carnets ont été rassemblés sur papier bible, il n'a pas cru nécessaire de les augmenter. Cela fait douze ans que l'écrivain des Mauges se tait, baigné dans un silence « douceâtre de prairie d'asphodèles ». S'il n'a plus le goût de publier, il avoue écrire un peu chaque jour. « Par hygiène, dit-il, et pour exercer la mémoire des mots. » Sans les essais et les thèses à lui consacrés que le courrier quotidien lui inflige, jamais il ne se retournerait sur son passé littéraire. Ni sur l'illusion flaubertienne, longtemps caressée, de voir ses livres tenir si bien, si fort « à la langue » qu'ils en seraient intraduisibles.

L'œuvre de Julien Gracq est hautaine, mais Louis Poirier est humble. La première habite des châteaux en forêt, le second loge dans la maison grise de ses parents. Elle est maintenant trop vaste pour lui. Il ne chauffe plus que certaines pièces. Depuis la disparition de sa sœur, l'opiniâtre célibataire dit joliment : « Je suis réduit à ma plus simple expression. » Dehors, le potager est en friche et des dalles neuves ont remplacé les parterres de fleurs. Il mourra là où il est né. Sur les quais de Saint-Florent, le vieil âge rejoint doucement l'enfance, entre les claies de châtaignier et les battoirs des laveuses, dans une odeur de vase tiède. Sauf aujourd'hui, où nous dégustons des poissons de la Loire au restaurant, une gouvernante lui prépare son déjeuner pour onze heures trente. Après quoi, il écoute Wagner, s'intéresse à la littérature contemporaine — il a beaucoup aimé *Les Âmes grises*, de Philippe Claudel, et le *Dictionnaire amoureux de Venise*, de Philippe Sollers —, se passionne pour la politique étrangère dont il suit les soubresauts dans les journaux ou à la télévision, fait l'éloge de la démocratie américaine (« Contrairement à la nôtre, elle va du bas vers le haut et du village vers l'État ») et relit ses chers auteurs du XIXe. C'est son siècle des Lumières. Jamais, selon lui, le roman, la poésie, et même la politique n'y ont été plus généreux et fertiles. Dans son cœur, Jules Verne, voisin nantais, occupe une place de choix : « C'est mon primitif à moi. » L'auteur de *Vingt mille lieues sous les mers* est mort cinq ans avant la naissance de Julien Gracq. Presque des contemporains.

Devenu géographe par amour des paysages, il ne se lasse pas d'observer par la fenêtre l'île batailleuse plantée de peupliers où, jadis, il « robinsonnait ». Il dit qu'on ne connaît jamais un lieu familier. « Cette rue du Grenier-à-Sel, je l'ai redécouverte il y a quelques années, lorsqu'une femme suicidaire accompagnée de ses enfants a jeté sa voiture dans la Loire. J'ai mesuré pour la première fois combien la rue était en pente et pourquoi l'eau, tout en bas, aspirait les désespérés. » Même le fleuve ensablé, à Saint-Florent, est gracquien.

Au moment de se quitter, il me remercie de ma fidélité. Je lui redis mon admiration. « Vous êtes gentil, certains jugent mes livres tellement ennuyeux ! » J'ai emprunté dans l'autre sens le pont suspendu, pris la route d'Angers et obliqué vers Saumur et les chevaux du Cadre noir qui trottent encore dans la mémoire de Louis Poirier. Mieux il vieillit, plus il ressemble au commandant Gardefort, dans la nouvelle de Paul Morand, *Milady*. Un solitaire mystique, les pieds dans la terre sableuse.

Le soir, à peine descendu du train, dîner à Neuilly chez Guy Bedos qui m'avoue, avec un peu de honte rétrospective, avoir participé, lorsqu'il était lycéen, à l'enlèvement (raté) de Julien Gracq, peu de temps après l'attribution du Goncourt. Il voulait faire une action d'éclat. Elle s'est terminée piteusement (Gracq s'est débattu, Bedos a fui) avec, en prime, une engueulade féroce que sa mère, découvrant à la télévision le méfait de son fils, lui a aussitôt passée.

20 décembre

Il n'y a qu'en France où, sur une radio de service public, en l'occurrence France Culture, on peut écouter le soir, pendant une heure et demie, une émission consacrée à l'art équestre. Elle s'intitule : « Habiter cavalièrement le monde. De Nuno Oliveira à Bartabas ». Sophie Nauleau l'a réalisée avec beaucoup de finesse. Elle m'a interrogé, ainsi que João Oliveira (le fils du maître), Bartabas, Luis Valença, Jean-Louis Sauvat, Gérard Dufresne et quelques autres admirateurs du génie portugais dont la légèreté à cheval est légendaire. Je dis pourquoi les livres d'Oliveira m'ont tant marqué. Ce ne sont jamais des traités (il doutait du caractère définitif de toute méthode), mais plutôt les pages d'un incessant journal intime dans lequel passe ce à quoi la plupart des grands écuyers, se flattant de le dominer ou l'étouffer, se sont refusés : le sentiment. Il croyait plus aux vertus de l'émotion qu'aux rigueurs de la théorie. C'est la relation avec le cheval qui, chez lui, primait. D'où ma conviction que Bartabas est, aujourd'hui, son unique héritier.

Dans l'émission, le témoignage qui m'a le plus surpris est celui de Maxime Le Forestier. J'ignorais en effet que le chanteur fût un cavalier de dressage et qu'il avait reçu pendant deux mois, au milieu des années soixante-dix, les leçons de Nuno Oliveira, « ce cerveau à quatre jambes » qui ordonnait à ses élèves de passer au trot « par la pensée ». Il assure que ce long stage fut l'un des plus grands moments de sa vie. Il monta notamment à Lisbonne Ladino, un arabe. Il parle très bien de la passion de l'illustre écuyer pour la musique. Il dit même qu'on pouvait distinguer les chevaux travaillés avec Beethoven, dont la crinière était ébouriffée, de ceux qu'il entreprenait, plus fiers, sur un opéra de Verdi. Il raconte qu'un jour où, dans le manège, deux entiers montés par des enfants commençaient à se battre, un air de flûte traversière jailli de la tribune avait suffi à les calmer. Oliveira est mort en Australie, où il avait été appelé pour enseigner. On l'a retrouvé allongé sur son lit, un walkman sur les oreilles qui diffusait, pour accompagner son dernier voyage, un opéra de Verdi.

Après avoir écouté l'émission, j'interroge Sophie Delassein, qui termine un livre d'entretiens avec Maxime Le Forestier. Elle m'explique qu'il lui a confié n'être jamais monté en scène sans chercher, pour chanter, l'équilibre et la cadence du cheval. Sous les projecteurs, il ne bouge pas ; c'est la voix qui marche, trotte et galope. Il dit aussi qu'il se comporte avec le public de la même manière qu'Oliveira avec ses chevaux : un minimum de moyens pour un maximum d'efficacité. De la haute école appliquée à la chanson. Le Forestier a cessé de monter après la mort de son maître portugais.

Il n'y a pas de jour où je n'apprenne qu'un artiste a la même passion que moi pour les chevaux. Aujourd'hui, Le Forestier. Hier, le comédien Guillaume Canet, cavalier de saut d'obstacles, qui faisait même, pour ses prouesses, la une de *L'Éperon.* Il fut un temps où je me croyais atteint d'une maladie unique ; je ne cesse de découvrir combien elle est contagieuse. Est-ce que l'on ne va pas tous chercher au contact des chevaux de quoi mieux vivre nos métiers respectifs, une certaine hauteur de vue, une manière de droiture et quelques emballements.

25 décembre

Un Noël très doux. Pas la moindre offensive du froid. Je n'ai jamais connu un hiver si tiède en Normandie. Grande balade avec Eaubac. Soudain, d'une haie surgissent quatre jeunes chevreuils. Ils nous voient, s'arrêtent pile. Eaubac les observe, intrigué. Heureusement, il n'y a pas, aujourd'hui, de chasseurs embusqués. On part au trot dans un champ qui vient d'être semé. Et voici les quatre chevreuils qui nous accompagnent. C'est très joli, très gamin. Comme une promenade dansante en famille. On se sépare au bout du champ. Eaubac et moi, on tourne à droite, vers Le Faulq. Les quatre chevreuils obliquent à gauche, vers Cormeilles. Je les vois s'éloigner à toute vitesse en faisant de grands bonds, quatre petits culs blancs qui sautillent de bocage en bocage. Et puis ils s'arrêtent là-bas, nous regardent, et repartent gaiement. J'aurais juré qu'ils nous disaient au revoir.

28 décembre

Plus le temps passe, plus Eaubac se raidit. Il devient ultra-sensible au sanglage, parfois au montoir. Il a du mal à engager ses postérieurs. Il évite toute occasion de s'incurver. Il semble souffrir lorsque je trotte sur le macadam de la route. L'arrière-main ressemble à une grosse remorque de camion. Je vois bien que son arthrose le ronge de manière inéluctable. Je me souviens du diagnostic établi par le médecin du CIRALE, en novembre 2002 : « arthropathie synoviale intervertébrale de T17 à L2 ; conflits de processus épineux en L4-L5 ; amincissement du disque L5-L6 ; remaniement du disque lombo-sacral ». Aujourd'hui, j'ai pris ma décision. Je mettrai Eaubac au pré à partir du printemps. Le prolonger n'a plus de sens. Le monter serait pur égoïsme. Il va donc devenir un jeune retraité. Notre belle histoire d'amour se termine. Il va vieillir libre. J'éprouve une immense tristesse. Un sentiment sinon de gâchis, du moins d'inaccomplissement.

30 décembre

Chaque jour, je monte Eaubac en extérieur et puis ensuite Espoir en dressage. Espoir, un selle français bai brun, l'exact contemporain d'Eaubac. Treize ans. Il est intéressant, travaille volontiers, est même capable de passager. Il appartient à des Anglais qui veulent le vendre. Cathy, qui connaît ma décision concernant Eaubac, me pousse à l'acheter. Je lui réponds que je ne suis pas encore séparé de mon cheval et que, surtout, je ne suis pas amoureux d'Espoir. Elle sourit. « J'ai peur que tu cesses complètement de monter après avoir mis Eaubac au pré. » C'est en effet une hypothèse. Ma relation est si forte avec lui que je n'arrive pas à imaginer un *après*. Redevenir un cavalier de club qui monte à heure fixe sur des chevaux indifférents, non merci. J'acceptais de travailler d'autres chevaux tant que j'avais le mien. Sans lui, ce sont toutes les écuries qui sont dépeuplées. Et moi, si seul.

2005

1er janvier

La lumière est somptueuse. Le soleil fait briller les premières pousses très vertes de cet hiver indulgent. Je caresse mon Eaubac comme on sert longtemps la main d'un ami qui s'éloigne.

7 janvier

Coup de téléphone de Bartabas. Il roule vers Versailles. En bruit de fond, cuivré et cacophonique, une musique festive. « On dirait l'orchestre d'Émir Kusturica », lui dis-je. « Tu brûles, me répond-il. C'est de la musique roumaine. » Il l'écoute pour chercher le rythme du prochain spectacle de Zingaro. Il vient d'en trouver l'idée : tout se ferait au galop, du premier au dernier tableau. Un pari un peu fou pour les chevaux. Lui qui a toujours travaillé sur la lenteur me surprend. Il m'explique : « Je voudrais montrer que la vie passe très vite, trop vite. Un grand galop avant la mort. » Il rigole, les violons roumains pleurent, je pense à mon père.

8 janvier

Beaux appuyers au galop sur Espoir en bride.

9 janvier

Chaque fois qu'on sort, Eaubac s'arrête pour manger de l'herbe dès que se présente une belle et grasse prairie. Il semble ne plus vouloir faire d'efforts. A-t-il de l'intuition ou est-ce son cavalier qui, inconsciemment, le prépare aux vacances éternelles ?

10 janvier

Gallimard vient de céder les droits de *Bartabas, roman* à l'éditeur japonais Uplink, spécialisé dans les publications sur le cinéma et le spectacle et diffusé par Kawade Shobo, grand éditeur de littérature générale. Le livre sortira donc à Tokyo en mars, pour la venue de Bartabas et de *Loungta*. Ces Japonais m'intriguent. Ils vont le traduire en quelques semaines et le publier aussitôt. Je reste sceptique. Même si le sujet est devenu universel, mon livre est si français.

11 janvier

D'Éric Holder, qui a quitté Thiercelieux pour Queyrac et la briarde terre à betterave pour les vignes dorées du Médoc, d'Éric, cet ami lointain et si proche, si fraternel, dont je viens de lire avec bonheur *Les Sentiers délicats*, je reçois ce matin une lettre où il est question de « chevalerie » et de ma « passion » pour le cheval qui, m'avoue-t-il, lui demeure parfaitement « abstraite ». Je le comprends. Par retour du courrier, j'essaie donc de lui faire comprendre sur quoi ma foi repose. J'aime le cheval parce que si parfois il m'avantage, jamais il ne me flatte. Il force à l'humilité, il ne me passe rien et, s'il accepte un jour de me récompenser de mes efforts, sans doute l'ai-je alors mérité. C'est un grand donneur de leçons. Je ne peux rien lui imposer ; je lui propose seulement de consentir à faire, avec moi, un bout de chemin. En somme, cet animal est assez holdérien.

12 janvier

Deux percherons gris somnolent dans un herbage sur la route de Lisieux. Je suis toujours ému par ces lourds chevaux de trait, leur impassibilité mouillée sous la pluie verticale, blocs de chair et de muscles sans objet, sans avenir.

16 janvier

J'ai dit aujourd'hui à Cathy que je ne prendrai pas Espoir après avoir mis Eaubac au pré, le printemps prochain. J'aurais trop l'impression de le *remplacer*. Elle me comprend.

Vu, sur Equidia, le généticien Axel Kahn faire, avec conviction, l'éloge des trotteurs. Il ajoute que c'est à cheval, seul en forêt, qu'il trouve la plupart de ses idées. Lorsque je prétends écrire en selle et nourrir mes livres de mes promenades au petit trot, ça fait sourire. Grâce à Kahn, je me comprends.

18 janvier

La vie dans un centre équestre, fût-il dirigé d'une main de maître : ragots, querelles d'ados, jalousies ridicules. Une micro-société qui, à force d'être en autarcie, et malgré la présence justicière des chevaux, sécrète les mêmes mauvais sentiments que n'importe quel milieu coupé du monde en marche.

20 janvier

Anne-Marie sur Danseur, si délicate et sévère à la fois, si douce et exigeante. Je me souviens de Michel Henriquet, venu nous voir au Brévedent, il y a deux ans. « Elle est vraiment très fine à cheval », m'avait-il murmuré à l'oreille. Et de Danseur : « Il est plus brillant que Cyclone, fils de Miguelista, que je considère pourtant comme le meilleur portugais de France. » Ce qui ne l'avait pas empêché, auparavant, de lui donner dans le manège des ordres cinglants, des commandements militaires : « Fixez la main intérieure ! », « Faites de l'équitation de doigts, et même de phalanges, mais pas de bras ! », « L'oreille droite devant le genou gauche ! », « Laissez venir la jambe au cheval ! », « C'est le mollet qui porte, pas le pied ! », « La rêne intérieure, c'est la rêne des nuls, la rêne extérieure, c'est la rêne des écuyers ! » Parfois, sa voix autoritaire invoquait Oliveira : « Je prends, je rends, disait le maître... »

21 janvier

Patricia m'apprend que le voyage au Japon du théâtre Zingaro va être en grande partie pris en charge par Hermès. Je suis d'abord étonné. Ensuite convaincu. Hermès et Bartabas. On dirait un couple jailli d'une lointaine, inédite et fascinante mythologie. Leurs noms accolés, à la sonorité sifflante et musicale, font rêver. Ils semblent inaccessibles. Difficile de savoir s'ils sont de là-haut ou d'ici-bas. Dans nos songes cavaliers, ils accompagnent les voyageurs de l'absolu, veillent sur de pieux pèlerinages, guident vers un monde meilleur, plus harmonieux et moins laid.

Il faut pourtant reconnaître que, loin de l'Olympe où notre imagination gambade, leur rencontre était très improbable. On voit mal, en effet, le gitan mal rasé et bougonnant d'Aubervilliers, les boots couverts de paille, faire son shopping au milieu des élégantes dans l'illustre maison de la rue du Faubourg-Saint-Honoré. S'il est même une idée à laquelle Bartabas n'a jamais sacrifié, lui qui a été successivement attiré par la violence guerrière, la folie baroque, l'humour festif de cabaret, la sagesse indienne, la douceur japonaise, la paix tibétaine, et toujours tenté par la pauvreté des gens du voyage, c'est bien le luxe. Les biens matériels l'indiffèrent. S'il dépense, c'est seulement pour son théâtre et sa troupe. Il n'est pas riche de ce qu'il achète, il est riche de ce qu'il donne. Sans compter. Jamais.

Mais ce qui, en apparence, oppose Hermès et Bartabas est beaucoup moins fort que ce qui, en profondeur, les unit : l'amour du cheval, la passion de la tradition, le goût de l'artisanat et le farouche désir de ne ressembler à personne. Il faut avoir vu l'écuyer de Zingaro caresser, comme si c'était une peau de femme, le cuir noir de selle — une selle unique, d'un seul morceau, en forme de chauve-souris ou d'avion furtif, une selle de Pégase que Jean-Louis Dumas, le président d'Hermès, lui a offerte — pour comprendre le secret de cette entente. Elle repose sur la conviction qu'il faut laisser du temps au temps, que la beauté est immémoriale, que la main de l'homme est une artiste incomparable et que nul ne saurait être visionnaire s'il n'a pas hérité du plus lointain passé.

Rien, d'ailleurs, ne ressemble plus à l'atelier de sellerie d'Hermès que l'atelier de costumes de Zingaro. On y travaille la matière avec la même méticulosité et la même ferveur. On emprunte aux anciens pour imaginer l'esthétique de demain. On travaille sans répit à la perfection. On œuvre dans l'ombre pour la lumière. Mieux que quiconque, Bartabas sait que la maison Hermès est née au début du XIXe siècle pour rendre le cheval plus léger et le cavalier, plus juste. Et Jean-Louis Dumas, qui appartient à la cinquième génération de l'illustre famille, sait combien Bartabas incarne à la fois les exigences de la haute école, les vertus du nomadisme et la splendeur du métissage culturel. C'est la raison pour laquelle Hermès a accompagné *Chimère* à New York et *Loungta* à Moscou : sur la piste de l'aéroport, on aurait cru entendre les mots du poète bordelais Jean de La Ville de Mirmont : « Nous ne savons pas quand nous reviendrons ; serons-nous plus fiers, plus fous ou plus sages ? Qu'importe, puisque nous partons. »

Et lorsque le centaure d'Aubervilliers a fondé à Versailles, en 2003, l'Académie du spectacle équestre, Jean-Louis Dumas a offert aux écuyères de monter leurs brillants lusitaniens cremolos avec des selles en cuir de buffle, teinte gold, dessinées par sa maison. Il rêvait en effet d'entendre son beau cuir souple chanter, au rythme des appuyers et des piaffers, sous les fesses de ces princesses dont Louis XIV eût aimé l'allégresse. Il voulait s'accorder avec Bartabas pour que, dans ce haut lieu chargé d'Histoire, l'art équestre se réinvente et se donne en spectacle.

22 janvier

Le héros américain du roman français d'Adrien Goetz, *Une petite légende dorée*, est un cumulard. Il est espion, diplomate, passionné d'art et joueur de polo. Visitant le musée de Budapest, il tombe en arrêt devant la seule sculpture conservée de Léonard de Vinci. C'est un petit cheval en bronze, à demi cabré, mal proportionné, mais « beau à en frémir ». La réaction de Carlo, le personnage de Goetz, est exactement celle de tout cavalier que le spectacle d'un cheval en liberté renvoie aussitôt à ses propres désirs inassouvis. « Combien de temps qu'il n'était plus monté à cheval ? Le temps manquait. C'était Carlo qui piaffait et écumait d'impatience. »

23 janvier

Réveil étonné dans une campagne toute blanche. La neige est tombée durant la nuit. La colline d'en face frémit comme un corps de femme saisi par le froid. Aujourd'hui, au rythme incertain de la charrette dessinée par Monet sur le chemin enneigé d'Honfleur, près de la ferme Saint-Siméon, je vais me promener avec Eaubac sur les petites routes, car les sentes fangeuses sont impraticables. Le soleil nous accompagne. Je regarde glisser au trot l'ombre dansante de mon cheval sur les talus blancs : il est fin, léger, tendu sur ses rênes, le chanfrein à la verticale, les jambes graciles et déliées. Peut-être est-ce dans la perspective, qui m'obsède, de notre prochaine et inéluctable séparation, mais jamais je n'ai davantage aimé Eaubac, sa robe soyeuse de chevreuil, ses épaules de danseur, sa longue tête, ses yeux verts qui semblent voir au-delà de l'horizon, son port aristocratique, sa façon si perspicace de humer l'air, sa jeunesse d'esprit, son refus de s'attendrir. C'est un cheval qui ne ressemble à aucun autre. Je lui prête des vertus à proportion des privilèges qu'il m'a octroyés. Je ne lui rendrai jamais tout ce dont il m'a enrichi.

26 janvier

À Montauban, jolie ville en brique rose que je découvre sous un soleil glacial et dont me séduisent les doubles arches de la place principale (les unes pour les commerces, les autres pour le passage des voitures hippomobiles), je signe mes livres à la librairie Le Scribe. Parmi les lecteurs vient me voir la sœur de l'éleveur qui vend à Bartabas des lusitaniens.

27 janvier

Mon ami Jean Contrucci m'envoie de Marseille une horrible devinette qu'il a dénichée chez Jorge Amado : « Quel est le meilleur ami de l'homme noir ? Le Cheval. Parce que si l'homme blanc n'avait pas eu le cheval, c'est sur l'homme noir qu'il serait monté. »

30 janvier

Pendant que je me promenais avec Eaubac dans la grande plaine, Anne-Marie est allée applaudir à Vincennes la victoire, pourtant sans surprise, de Jag de Bellouet, parti à la cote de un pour dix, dans le quatre-vingt-quatrième prix d'Amérique. Elle n'avait jamais assisté à ce championnat du monde des trotteurs. Elle qui n'est pas turfiste pour un euro est revenue exaltée du spectacle. La voici intarissable sur la puissance phénoménale de Jag, qui laisse s'épuiser derrière lui tous ses adversaires, sur les vertus de son propriétaire bas-normand, Michel Gallier, lequel posséderait un don de magnétiseur, et sur les qualités de son entraîneur et driver, Christophe Gallier, le fils de Michel. Car Jag, c'est l'enfant surdoué d'une famille de la Manche. Anne-Marie a même pu approcher, avant la course, le titan dans son box — on dirait qu'elle a vu au vestiaire un discobole nu et priapique.

2 février

Déjeuner, place de la Bourse, avec Bernard Giraudeau, les yeux océaniques et le teint hâlé par dix jours en mer sur la *Jeanne d'Arc*, où il n'est pas peu fier d'avoir rang, désormais, de capitaine de frégate. « La mer, pour moi, c'est comme le cheval pour toi, me dit-il, on y revient toujours. » Il me vante la situation rêvée de sa maison en forêt de Fontainebleau d'où partent, en étoile, plusieurs allées cavalières : « Tu serais aux anges. À peine levé, aussitôt en selle ! » Il me parle avec passion de *Richard III*, qu'il va jouer en juin à La Rochelle et en septembre à Paris. Je lui rappelle mon très vieux et inoubliable souvenir de Robert Hirsch, à la Comédie-Française. Hirsch jouait un roi monstrueux, tonitruant, bavant et grimaçant. Bernard pense qu'on a trop enlaidi et vieilli le personnage. Il a lu beaucoup de textes et d'études sur Richard III qui le confortent dans l'idée que, malgré sa bosse, c'était un fougueux guerrier et, ajoute-t-il en me souriant, un fameux cavalier. Réduit, lors de la bataille de Bosworth, à combattre à pied, il hurla : « Un cheval ! Mon royaume pour un cheval ! » Il n'eut pas de cheval, et il est mort.

3 février

Il ne le sait pas, mais sa chanson, *Mon frère*, a bercé et calmé mon enfance de jumeau brisé. « Toi le frère que je n'ai jamais eu / Sais-tu si tu avais vécu / ce que nous aurions fait ensemble [...]. Si tu savais ce que j'ai bu / De mes chagrins en solitaire / Si tu ne m'avais pas fait faux bond / Tu aurais fini mes chansons. » Et le voici devant moi. Maxime Le Forestier, cinquante-six ans. J'en avais seize seulement lorsqu'il passait en première partie du récital de Brassens, à Bobino, et dix-huit quand je suis allé l'écouter chanter, au Théâtre de la Ville, *La Petite Fugue* et *San Francisco*. Il a réussi depuis la prouesse de ne pas devenir « un vieux chanteur de mai sage » et de trouver dans le jazz, le zouk, la bamba, le fado et le blues une nouvelle manière de s'exprimer sans se trahir.

Mais aujourd'hui, dans ce pub irlandais de la

rue du 4-Septembre où l'on déjeune, on ne parle pas de chansons, mais de Nuno Oliveira. Après la diffusion de l'émission sur France Culture, Sophie Delassein a gentiment orchestré notre rencontre. Silencieuse, déplorant de ne pas avoir la traduction simultanée, elle nous écoute dialoguer en chinois : changement de pied, passage, piaffer, levade... Maxime Le Forestier m'apprend qu'il a passé non pas deux mois mais près de vingt ans aux côtés d'Oliveira. Il dit : « J'ai eu deux maîtres, Brassens et Oliveira. » Il a rencontré pour la première fois l'écuyer portugais en 1972. Entre les deux hommes, le courant est passé aussitôt : Nuno aimait le chanteur chez Maxime et Maxime, l'écuyer chez Nuno. Les deux se comprenaient en musique. Lors de la première reprise, Maxime sautait au galop dans sa selle. Pour lui faire comprendre qu'il devait s'asseoir, Oliveira lui a dit : « Avez-vous déjà fait l'amour debout ? Oui, alors, faites pareil. »

Ses anecdotes me ravissent : le sucre en poudre, jamais en morceaux, donné aux chevaux ; le cheval tenu par un palefrenier au montoir parce qu'il ne doit pas bouger, car s'il fait ne serait-ce qu'un pas, c'est signe que la leçon a commencé ; le mot courtois d'Oliveira quand Le Forestier, de sa main ferme de guitariste, tirait trop sur les rênes : « S'il vous plaît, Maxime, rendez sa bouche à mon cheval. »

Il m'avoue qu'il a failli quitter un jour la chanson pour l'équitation. Son cheval Faris est mort à trente-quatre ans, un vieillard. Depuis, il ne monte plus. « D'ailleurs, sans Oliveira, ça n'a plus de sens pour moi. » De ses stages annuels passés au Portugal, il a gardé l'essentiel : un art de la scène qui emprunte, me dit-il, à la haute école et qu'il pratique, le cœur sur la main, en cavalier de haut niveau. « Je suis avec le public comme sur un cheval. » Je lui demande pourquoi il n'a jamais écrit de chanson sur les chevaux : « Impossible, c'est trop intime, trop secret, trop important... »

On se quitte après le déjeuner comme si on se connaissait depuis toujours. Du soleil dans l'eau froide.

4 février

Un mail, ce matin, de Maxime Le Forestier : « Cher Jérôme, ce petit mot pour vous dire le plaisir que j'ai eu lors de ce déjeuner. Ranimer ces souvenirs de beauté pour vous qui en connaissez la valeur me les a fait un peu revivre, merci. »

5 février

Galop dans la plaine avec Eaubac, et puis dressage sur la haute, puissante et crémeuse Baronne.

6 février

Le soleil inonde les écuries. J'entre dans le box d'Eaubac. La paille est haute et jaune. Il est plongé dans l'obscurité mais des rais de lumière font briller sa robe baie. On dirait un tableau de La Tour. La flamme d'un cheval.

8 février

Il y a beaucoup d'inconvénients, pour un écrivain, à rendre publique sa passion secrète. On en est parfois, comment dire, dépossédé. L'affection complice des inconnus peut être parfois lourde à porter. Mais il y a aussi des privilèges. Certains sont même encadrés et exposés dans mon bureau. Ce sont les dessins que des amis ont faits pour moi, parfois très vite. Françoise Sagan m'a croqué un jeune cheval au feutre bleu. Wiaz, sous mes yeux, a exécuté au pinceau deux chevaux qu'on dirait sculptés dans le mouvement et le marbre. Sempé, après m'avoir expliqué qu'il ne savait pas dessiner un cheval, m'en a envoyé un qui exécute une levade et l'a légendé ainsi : « Merci pour ce déjeuner au cours duquel j'ai été fort bavard afin d'éviter de parler. » Claire Brétécher m'a offert, campé à côté d'un cavalier apeuré, un cheval très mutin. Et Patrick Rambaud, à qui je reprochais, dans un article consacré à son roman *La Bataille*, de donner des « pattes » aux montures napoléoniennes, m'a dessiné, en guise de réplique, une « Vue cavalière d'un cheval d'escadron en 1809 » : on y voit une brave carne bouffer de l'herbe et de multiples flèches indiquer où se situent « le gigot, les entrecôtes, le museau vinaigrette, la pantoufle arrière droite, etc. ». C'est mon petit musée imaginaire.

9 février

Chaque jour, à Paris, j'éprouve à ne pas monter un manque physique parfois difficile à supporter. Mon corps tout entier, mes cuisses en particulier réclament un cheval à prendre, à serrer, à sentir. Ce n'est pas très loin de la pulsion érotique. On est dans le registre de l'amour bestial.

10 février

Reçu ce matin une lettre de J. M. G. Le Clézio : « Cher Jérôme Garcin, je ne vous ai pas écrit après avoir lu *Bartabas*. J'aurais dû le faire, et j'ai remis la lettre au lendemain. Le décès de ma mère a creusé un vide dans ma vie au printemps dernier. J'ai voyagé, j'ai écrit, avec un sentiment de déconnection du réel, de l'incongru. Je me suis lancé dans le roman dont je vous avais parlé il y a cinq ans je crois (Royaume de la demi-lune). Votre roman-essai sur Bartabas m'a saisi, m'a enthousiasmé. Je savais par ouï-dire la passion que vous éprouvez pour le cheval, ou plutôt le centaure, l'échange animal-homme, la complicité, la tendresse, l'amour de la beauté que donne le mythe. Bartabas parle de cela. Le roman m'a rappelé le sentiment étrange que j'avais éprouvé dans une autre vie, quand je voyageais à Panama, à la rencontre d'un jeune homme qui travaillait à l'ambassade de France et qui — issu d'un milieu modeste comme Bartabas — avait pu réaliser son rêve d'enfant, grâce à la facilité d'un pays comme le Panama, posséder et monter un cheval de course, un magnifique arabe qui à la suite d'une blessure avait été jugé inapte à la course, mais qui gardait toute sa fougue et son intelligence, et filait comme le vent. J'avais pensé alors écrire cette histoire, histoire d'une passion et d'une rencontre avec la beauté, d'une émotion pure. Bartabas est, je crois, cette histoire. Merci d'avoir écrit ce beau livre. Croyez à mon amitié... »

12 février

Je regarde Anne-Marie monter Danseur dans le grand manège. Elle lui parle beaucoup, le gronde, le félicite, le calme, le reprend — leur dialogue est incessant. Il se met au passage comme s'il voulait se défouler. Pour d'autres chevaux, cela représenterait un effort inouï. Pour Danseur, c'est une manière de se mettre à l'aise, d'épuiser sa fastueuse et fructueuse énergie. J'admire Anne-Marie. Plus le temps passe, plus son cheval adoré est délicat. Plus il est délicat, mieux elle le comprend.

13 février

Grêle, neige et rafales de vent à quatre-vingts kilomètres-heure. Eaubac, dans la plaine, fait de la résistance. Notre promenade ressemble à la retraite de Russie. Lorsque nous rentrons aux écuries, le doux et sauvage parfum de son poil d'hiver mouillé me pénètre par bouffées. Cette odeur, c'est ma drogue.

Ce soir, dernière de *Loungta*. Je vais à Aubervilliers fêter avec Bartabas l'exaltant épilogue de cette belle aventure. Toute la troupe est réunie dans le grand restaurant ainsi que la famille, au sens propre : sa femme, Brigitte, ses parents, d'autres encore. Diffusée en boucle, une folle musique roumaine annonce déjà la frénésie baroque de son prochain spectacle.

18 février

Paru en 1623, c'est le chef-d'œuvre de l'art équestre. On doutait qu'il fût un jour réédité dans la langue exquise du XVIIe et augmenté des gravures de l'artiste hollandais Crispin de Pas. Claude Tchou, qui publia autrefois les œuvres complètes de Jean Paulhan, a osé le faire, et c'est somptueux. *Le Manège royal*, d'Antoine de Pluvinel, entre dans la Bibliothèque des Introuvables, en grand format et sur du beau papier centaure — je n'invente rien. Formé à Naples par Pignatelli, le maître d'équitation du jeune Louis XIII avait transcrit ses leçons, ou plutôt son art, sous forme de dialogue. Dans sa préface, le général Pierre Durand montre l'éternelle modernité de ce traité à la lecture duquel même les non-cavaliers trouveront un art de vivre : « Il faut estre avare de coups et prodigue des caresses afin d'obliger le cheval à obéir et manier plustot pour le playsir que pour le mal. »

26 février

Depuis deux jours, il n'arrête pas de neiger. Un vent sibérien s'en mêle. Au sol, le tapis glacé a vingt centimètres d'épaisseur. On n'avait pas vu un tel hiver en pays d'Auge depuis dix ans. La colline du Brévedent, plantée de hauts résineux, prend son air valaisan. Il ne lui manque que l'accent. Impossible, évidemment, de sortir les chevaux qui, sous leurs grosses couvertures matelassées, rongent leur frein dans les box. Ils n'ont même pas le droit au paddock.

Pour les dégourdir, on est nombreux à les monter dans le grand manège, lequel ressemble soudain à une immense salle d'échauffement. Ça souffle, ça fume, ça cliquette, ça ahane, ça claque, ça siffle, ça trotte et galope dans tous les sens. Les chevaux s'efforcent de libérer sous abri leur trop-plein d'énergie. Eaubac, habitué à ses longues promenades solitaires, est tout étonné de se trouver mêlé à cette détente collective et brouillonne. J'ai bien essayé de l'emmener dehors mais il dérapait sur la neige gelée. C'était trop dangereux. Quel regret, aussi ! Car la campagne immaculée brillait comme un diamant sous le soleil, et j'aurais aimé me perdre avec lui dans ce blanc virginal. Pour ajouter à mon regret, au moment où j'écris ces lignes, une lumière rose de crépuscule arrose la colline d'en face au sommet de laquelle les arbres ploient sous la lourde neige. Je rêve de quitter mon bureau, je m'imagine sur Eaubac, là-bas, réchauffé par sa chaleur pelucheuse, étourdi par le grand, le religieux silence d'hiver.

2 mars

Bartabas part après-demain pour le Japon. Il y restera jusqu'au début du mois de mai. En guise d'au revoir, on dîne tous les deux à *La Table d'Anvers*, au pied de la butte Montmartre, dans un Paris saisi par le froid. Bartabas est content : les chevaux, embarqués la semaine dernière, ont bien voyagé et supporté sans problème les vingt-deux heures de vol. Il est aussi anxieux, de cette angoisse qui est chez lui l'expression du trac : c'est la première fois, en effet, que le théâtre Zingaro va donner des représentations sous un chapiteau que les Japonais ont construit pour l'occasion, qui n'est donc pas le sien, et devant mille huit cents spectateurs chaque soir.

Il n'est pas encore à Tokyo qu'il me raconte déjà, avec des accents lyriques, non seulement le spectacle qu'il créera l'été prochain, avec l'Académie de Versailles, sur le bassin de Neptune (il imagine une fête à la fois régalienne et exotique), mais aussi celui qui succédera au religieux et pacifique *Loungta*. Il le veut trépidant, tourbillonnant, enfiévré, au seul rythme du galop. Une manière de course effrénée contre la montre. Il en sera le metteur en scène, mais il ne sera pas à cheval. Il se réserve pour un travail parallèle, clandestin et solitaire. C'est une idée originale. Pendant que la troupe de Zingaro galopera sous son chapiteau à Aubervilliers ou Avignon, l'écuyer entrera en dissidence. Il donnera, dans des lieux mystérieux — terrains vagues, îles abandonnées, usines désaffectées — et investis au dernier moment pour ces éphémères prestations, des happenings hippiques pendant lesquels il montera seul ses trois meilleurs chevaux sur des rectangles improvisés. Les spectateurs, peu nombreux, ignorant leur destination, seront conduits dans des cars aux vitres obscures pour une cérémonie secrète — comme on emmène les membres d'une secte pour sacrifier, la nuit, à un rituel cérémonieux, érotique. C'est un projet, entre fugue et fuite, qui ressemble bien au Bartabas impénétrable d'*Entr'aperçu*.

Il parle, il parle, il en oublie de manger. Je suis toujours frappé, chez lui, par cette passion qui n'en finit jamais de déborder et à laquelle le temps se contente d'ajouter, sous l'intraitable rigueur, une énigmatique tendresse. Avant qu'on se quitte, sur le trottoir de l'avenue Trudaine, et avec une gravité qu'il m'avait réservée, il me remercie pour mon livre. « Tu n'imagines pas combien ça m'a aidé, changé, éclairé. Grâce à toi, les gens me regardent et me parlent différemment. J'ai l'impression qu'ils ont enfin compris pourquoi je fais ce que je fais. Je te dois beaucoup plus que ce que tu crois. Essaie de trouver deux jours pour venir me retrouver au Japon... »

10 mars

Un cadeau, ce matin, de Maxime Le Forestier qui m'envoie une des toutes dernières photos de Nuno Oliveira montant, dans son manège de Lisbonne, son cheval russe, Bunker. C'est le petit-fils du « maître » qui l'a offerte à Maxime. Magnifique portrait en noir et blanc de l'écuyer lové au creux de son cheval au pas espagnol, dans une pénombre sacramentelle. Ce profil testamentaire est envoûtant.

12 mars

Il s'appelle Chérifien. C'est un entier. Il a dix-sept ans, une robe qu'on hésite à dire grise tellement elle est blanche, d'un blanc éclatant. Ce magnifique étalon arabe a été acheté en octobre dernier aux Haras nationaux par un éleveur de Saint-Étienne-la-Thillaye. Je dois le monter pour une séance de photos organisée par les *Cahiers du cheval arabe*, une revue qui plaide pour la réhabilitation de cette race inconnue de nos centres équestres. Chérifien arrive au Brévedent tout fringant. Le soleil brille, les températures remontent, l'air est tiède. Il croit sans doute qu'on l'amène ici pour une saillie. Il a les yeux exorbités, gonfle ses pectoraux, hennit comme un monarque à la vue des autres chevaux, tape du pied, s'énerve. Pas évident. Pas rassurant. Je monte pourtant dessus. J'ai l'impression d'avoir une bombe sous les fesses. Il sent mes réticences, en rajoute dans la rodomontade, m'envoie des coups d'encolure et de cul. Je finis, au bout d'une dizaine de minutes, par l'avoir entre les jambes et les mains, presque aux ordres. Passe alors Danseur, qu'Anne-Marie emmène en promenade. Chérifien renifle aussitôt le rival et devient fou. Levade, courbette, il est en sueur. Je décide de descendre. Se rompre le cou pour une photo, non merci. N'empêche : l'acariâtre gaillard m'a séduit. Il n'a rien de l'arabe cristallin à la démarche gracile que l'on fait trotter en longe dans les concours huppés de modèles et allures. Ses jambes sont fortes, son dos puissant, son garrot haut — seule l'encolure, très courte, trouble mes habitudes de cavalier. À dix-sept ans, il a encore les dispositions d'un jeune athlète. J'aurais bien aimé le monter davantage s'il avait été plus conciliant. Il repart dans son van, je selle Eaubac comme on rentre chez soi — le fidèle Eaubac qui me jette une drôle d'œillade et semble me demander d'où je viens et avec qui donc je me suis fatigué.

15 mars

On appelle « grand dieu » l'écuyer en chef du Cadre noir de Saumur. C'est une expression qui m'a toujours intrigué. Surtout l'adjectif « grand ». Comme s'il ne suffisait pas qu'il fût dieu, encore fallait-il le surélever. À cette altitude-là, qui flirte avec les nuages, on est inatteignable. De quoi rendre le vrai Dieu jaloux.

Dans son travail quotidien, l'écuyer en chef paraît pourtant très humain. La preuve : il est nommé par le Conseil des ministres, sur proposition du Premier ministre au président de la République. À Saumur, on l'a vu manger bien et boire volontiers. Râler, aussi. On le sait jardinier et bricoleur à ses heures. Il lui arrive même de sourire. On peut le joindre au www.cadrenoir.fr

C'est lors des carrousels qu'il mérite, à la nuit tombée, son prestigieux surnom. Le visage impassible, le corps immobile, son cheval mené d'un pas religieux, il commande en silence la reprise des dieux dans un manège aussi vaste et frais qu'une basilique. On le reconnaît à sa selle cardinalice de velours amarante, qui est un privilège exclusif. (Pour les écuyers, elle est en daim blanc.) Il semble appartenir à un ordre supérieur, à un temps immémorial. Il sait en effet qu'il est de haute lignée. Car s'il est appelé à mourir un jour, sa fonction demeure éternelle. Depuis 1825, les écuyers en chef se succèdent mais le grand dieu est un et indivisible. Une vraie leçon d'Histoire.

Ce démiurge règne sur un corps d'élite tout de noir vêtu et s'applique à faire respecter la bible équestre (*L'École de cavalerie*, de François Robichon de La Guérinière) où il est écrit que le cheval rend meilleur, impose sa justice, réfute la violence, demande l'équilibre parfait, embellit le monde et promet le ciel aux âmes pures. Sur une plaque, apposée dans la galerie qui mène au grand manège, figurent les trente-six centaures qui ont voué leur existence terrestre à Pégase. Y sont gravés en lettres d'or les noms de ceux qui, d'abord à l'École de cavalerie, ensuite à l'École nationale d'équitation, ont présidé au Cadre noir, du célèbre comte d'Aure au prophétique général L'Hotte, de Danloux à Beauregard, du colonel Wattel au cher Georges Margot, qui fut un peintre exquis, du général Durand au colonel Loïc de La Porte du Theil.

L'actuel grand dieu a successivement porté l'uniforme de Saint-Cyr, de la Gendarmerie nationale, de la Garde républicaine, mais c'est la tunique noire qui sied le mieux à son profil maigre. Il tient que l'on n'est pas nommé écuyer en chef mais qu'on le devient chaque jour un peu plus. Il possède, comme ses prédécesseurs, une incontestable autorité toujours adoucie par une délicate sensibilité. Il incarne ce « tact équestre » auquel aspirait Paul Morand. Homme de foi, il ne regrette jamais de n'avoir pas à se servir de son sabre. À son sacerdoce il ajoute une vertu : la modestie. La Porte du Theil ne se préfère pas. Il loue en revanche l'élégance, la sportivité, le génie, la rhétorique, la monte de ceux qui l'ont précédé au sommet de l'Olympe et continuent de galoper dans nos rêves. Il dessine ainsi le portrait d'un grand dieu idéal.

Dans son *Journal*, Jules Renard écrivait : « Dieu n'a pas mal réussi la nature, mais il a raté l'homme. » Sans doute. Mais à Saumur, il a parfaitement réussi le cavalier. Au point d'en faire son meilleur rival.

16 mars

De Tokyo, Bartabas m'appelle au téléphone. Il est euphorique. Les premières de *Loungta* ont été triomphales. Et surtout, ajoute-t-il, les Japonais ont compris ce que les Européens n'ont pas perçu. Lorsqu'il quittait le Châtelet à cheval par le boulevard Sébastopol, c'est vers ce pays qu'il marchait.

17 mars

Loungta est en effet un spectacle superbement inactuel qui va avec bonheur, parfois même colère, contre toutes les tyrannies de l'époque. Les gens pressés, rationalistes, pragmatiques, ceux qui veulent mordicus interpréter les rêves, expliquer les mystères du sacré, ceux qui réclament des histoires linéaires augmentées d'apologues, ceux qui attendent d'un spectacle vivant qu'il obéisse aux lois du suspense hollywoodien — pas de temps mort ! — et reproduise les complaisances populistes de la télévision, tous ces gens-là sont insensibles à la beauté mystérieuse des *Chevaux de vent*, à ce carnaval grandiose, et c'est tant mieux. Qu'ils passent donc leur chemin. Bartabas ne crée pas pour eux. Il est l'un des tout derniers à faire de la résistance.

Les autres, les insoumis, les songeurs, les poètes, les baladins, les généreux, vivent, dans un espace et un temps ignorés de notre civilisation, une expérience unique, un voyage initiatique. Ils sont d'abord accueillis par les voix de bronze et de bourdon de dix moines tibétains. Ils viennent de très loin, ces hommes au visage cuivré, du monastère tantrique de Gyuto, situé au pied de l'Himalaya, où le gitan Bartabas est allé les rencontrer pour les prier, au sens propre, d'accompagner cette odyssée intérieure avec leurs tambours, leurs clochettes et leurs chants obsédants. Ils ont accepté car ils ont senti aussitôt en lui un frère d'esprit et de cœur. Ils ont eu raison. Leur communion sur le toit du monde est bouleversante.

Les spectateurs voient ensuite descendre, sur la piste de couleur rouge, une cloche en tulle transparente derrière laquelle jouent, comme des enfants, ces chevaux en liberté dont Bartabas a la conviction qu'ils mènent de la terre au ciel et réconcilient le corps et l'esprit. La fête peut commencer. Elle tient à la fois de Fellini et du chamanisme. Les voltigeurs portent des masques grotesques et des tenues de squelettes. Même les chevaux — des criollos argentins et des lusitaniens — sont déguisés et cagoulés. Une déesse bleue monte un âne malicieux. Des acrobates escaladent les gradins pour narguer les spectateurs. Les galops sont portés par l'ouragan des voix de buffles. Les couleurs sont éclatantes. On danse, on prie, on rit, on tremble. Et là-haut, impassibles sous leurs toges grenat, les moines, accroupis devant leurs instruments, protègent cette étrange et fastueuse cérémonie où il est dit, sans un mot, que la mort n'est pas triste et que la vie est un songe.

Et puis il y a ce tableau saisissant, au cœur du spectacle : habillée de blanc, la cavalière Solenn Heinrich conduit un troupeau d'oies qu'elle nourrit du haut de son cheval blanc, qui la suivent en dodelinant, en cacardant, étonnante et parfois hilarante procession immaculée dont les pas dessinent sur le sable de savantes serpentines. Cette scène qu'il a réinventée à sa manière, Bartabas l'a empruntée au rituel bouddhique en vertu duquel le corps des morts est découpé et donné à manger aux vautours. Éternel retour.

Enfin, ceux, nombreux, qui regrettaient l'absence de l'écuyer dans *Triptyk*, où il ne donnait en effet qu'un bref piaffer final, sont aux anges. Avec *Loungta*, il est presque toujours en scène et en selle. Tout de noir vêtu, il monte de plus en plus dans l'essentiel, de moins en moins dans le spectaculaire. Ses trois chevaux sont Horizonte, si pur au piaffer, le Caravage, un anglo-arabe à la robe isabelle, et Zanzibar, un quarter horse gris qui tourne sur place comme un derviche. L'entente est parfaite, miraculeuse. On n'a pas l'impression qu'il les monte, on croirait qu'il est *dans* eux. Bartabas est soudain un cavalier bouddhique.

À la fin du spectacle, des photographies du Tibet sont projetées sur le grand dôme, au centre de la piste : aux moines, éternels exilés, Bartabas a voulu offrir ces images du pays dont on les a dépossédés, qu'ils ne reverront jamais, et qu'ils ne peuvent retrouver qu'en pratiquant leur religion et en élevant leurs prières vers le ciel.

Ce qui frappe en effet, c'est l'universalité de *Loungta* dont les chevaux de vent ont déjà fait frissonner les spectateurs de Moscou, Barcelone, Nancy, Aubervilliers, Liège. Après Tokyo, ils seront en Suisse, pour galoper dans le cadre somptueux des arènes d'Avenches.

18 mars

Dans la nuit, les Espagnols ont déboulonné la statue équestre du général Franco qui trônait au centre de la place San Juan de la Cruz, à Madrid. Haut de sept mètres, le dictateur était figé dans le bronze depuis 1959. Le Premier ministre José Luis Zapatero le renvoie aux écuries. Il a raison. C'était une insulte à la démocratie et une très mauvaise publicité pour le cheval.

19 mars

Le printemps a éclaté. La température est estivale. Les fauvettes, les étourneaux, les rouges-gorges, les engoulevents et les mésanges charbonnières chantent à tue-tête. Les jonquilles sont sorties à l'ombre des sapins. Je décide de partir avec Eaubac sans savoir où nous irons. Il le sent et s'en amuse déjà. Au début, il connaît le chemin, celui de la grande plaine, et n'est pas dépaysé. Et puis soudain, je m'enfonce dans un sous-bois plein de ronces, il fait son chatouilleux, son émotif et se hausse du col. J'aime sa manière de guetter l'inconnu, de renifler un monde nouveau, cette comédie guerrière qu'il se joue, sacré acteur, comme s'il craignait le pire et que nos vies étaient menacées. On longe des lices de paddocks derrière lesquelles l'appellent des chevaux maculés de boue et on pénètre dans des champs où poussent les premières feuilles, d'un vert tendre. On se perd, c'est si bon. Parfois, au détour d'un chemin, j'aperçois au loin le clocher de l'église du Faulq qui est mon seul repère, ma seule boussole dans cette campagne ensoleillée. Elle ressemble à celle de Gréville, peinte en 1874 par Millet, dont il disait qu'elle avait « un air à faire croire que le temps s'est assis dessus ». Je finis par retrouver, je ne sais comment, la route du Brévedent, à moins que ce ne soit Eaubac qui m'ait guidé à mon insu. Quel bel après-midi ! Je n'ai pas l'impression qu'on s'est promenés mais qu'on a fugué. Une impression très enfantine. Elle donne de l'effronterie à mon âge incertain.

20 mars

Sylvain Paillette est venu monter ce matin Holliday au Brévedent. On s'appelle parfois au téléphone mais je ne l'avais pas revu depuis un an. D'ailleurs, trop occupé à finir sa thèse pour l'université de Lille sur « les médias face aux handisports », il n'a plus le temps de fréquenter les centres équestres. Malgré la fine barbe qu'il porte désormais, il a gardé son visage juvénile, son rayonnant sourire. Lui qui déteste susciter l'émotion m'émeut toujours autant. Il arrive de son pays de Caux natal au volant de sa voiture entièrement automatisée, son frère à ses côtés. Il marche avec ses béquilles et va se changer dans le vestiaire où il laisse, enfoncées dans un jean, ses jambes artificielles et d'où il sort à la hauteur du sol en crapahutant à la force de ses biceps. Médusés, les cavaliers qui ne le connaissent pas voient passer en plongée un buste et deux bras le long des écuries. Je lui prête ma bombe, mets le tapis et la selle sur Holliday, mais il le sangle lui-même et, refusant que je l'aide, se hisse tout seul sur le cheval. Le champion olympique de nage papillon n'a rien perdu de sa musculature ni de sa vélocité. Sylvain n'est qu'un haut, mais ce haut est herculéen. Il a déjà monté Danseur et Eaubac, c'est la première fois qu'il est juché sur Holliday. Très vite, en carrière, il lui donne de l'impulsion, le place, trotte, galope, effectue de jolis changements de pied. Aux jeunes spectateurs venus admirer, la bouche ouverte, ce prodige, j'explique, en montrant Sylvain du doigt, ce qu'est l'assiette idéale : main sans jambes, et le bassin qui accompagne avec délicatesse mais conviction chaque mouvement du cheval, parfaitement aux ordres. Je leur conseille de prendre modèle sur ce garçon qui, né cul-de-jatte, a grandi sur les quatre jambes que l'animal complice lui offrait. Ils comprennent, en observant Sylvain, combien ils abusent, en reprises, de leurs aides naturelles ou artificielles. « J'aimerais un jour monter comme lui », s'exclame une fillette qui va bientôt passer son quatrième galop. Je suis heureux. Ma leçon improvisée a porté.

23 mars

Déjeuner avec Jean-Louis Gouraud, toujours intarissable, qui me raconte la fabuleuse histoire des Khazars, ce peuple cavalier d'origine turco-mongole dont on ne sait pas grand-chose sinon que son empire, situé entre la Volga et le Caucase, aurait duré du VIIe au XIe siècle. Le plus étonnant est que les Khazars, « les hommes qui passent », se soient massivement convertis au judaïsme. Cela fait d'eux les seuls cavaliers juifs de l'Histoire. La loi mosaïque recommande en effet aux israélites de renoncer à l'usage du cheval, qui est considéré comme un animal non seulement impur (il n'est pas ruminant et n'a pas le sabot divisé) mais aussi corrupteur. Car monter, c'est se grandir, partir loin, au-delà des steppes, rencontrer des étrangers, peut-être s'enrichir ou céder à la débauche, dans tous les cas risquer de manquer aux siens et surtout de sacrifier sa religion.

Que les croyants me pardonnent mais j'adore cette idée que le cheval soit assimilé au coupable objet du désir ; qu'on lui prête le pouvoir licencieux de détourner l'homme de ses devoirs et la faculté de l'arracher à sa condition ; que l'on craigne sa liberté, son envoûtante beauté et que l'on condamne sa redoutable puissance. Je trouve même cohérent que la religion s'inquiète de la mystique équestre et tienne le cavalier pour un mécréant qui ne respecte pas les lois sociales, brocarde les mœurs conventionnelles, voit le monde de trop haut et tutoie les nuages.

On a oublié les Khazars, qui demeurent une énigme et ont tant inspiré, autrefois, Arthur Koestler. Mais ces galopeurs font toujours rêver. Lorsque je suis sur Eaubac, mon si beau corrupteur, je me sens un peu khazar.

27 mars

Pâques d'automne. La campagne est noyée sous la brume. On se croirait en Sologne. Promenade mélancolique avec Eaubac sur des chemins mouillés, dans des bois fantomatiques et une lumière de vieux crépi. Les cloches des églises produisent un son mat, comme étouffé. Je trotte tristement entre les ornières et pense à mon père, tombé de son cheval emballé le jour de Pâques. C'était il y a trente-deux ans, c'est aujourd'hui. Sa mort est mon présent perpétuel.

Ma mère m'appelle de Bray-sur-Seine, où reposent son mari et son fils, mon père et mon frère. Elle a une voix douce, une voix d'ange d'après la bataille, cette voix de rescapée qui me donne souvent envie de pleurer dans la nuit blanche où le passé trompette.

28 mars

Anne-Marie vient d'écrire, sur la légèreté, ce texte inspiré qu'elle me glisse discrètement et que je garde précieusement. « Je suis née lourde. Maigre mais chargée de la mémoire des autres. Dans l'amour d'un homme, j'ai commencé à m'oublier. Dans l'enfantement, mon corps s'est dissous trois fois. Mais c'est un cheval qui m'a donné l'oubli. L'oubli et la présence sur terre. Son dos est le creux de moi-même. Et lorsqu'il accepte de casser ses reins blancs, que sa croupe abaissée et ses postérieurs engagés libèrent son poitrail du poids de la vie, que plus rien dans mes mains, dans mes jambes, ne pèse, quand la profondeur de son corps m'appartient, que son souffle scande notre marche, alors je m'envole avec lui et je n'existe plus et pourtant j'existe tant. C'est sa force qui lui donne sa légèreté, il me l'a appris. C'est le don qu'il me fait, il m'oblige et me figure. Et soudain, il nous prend des envies de danser. Le manège tourne et s'habille. Et nous dansons, seuls au milieu des hommes, oubliés et oublieux. Et je sens la fierté de Danseur et je sais mon bonheur. »

29 mars

Francine Ohet, la professeur de français du collège Boris-Vian de Talant, m'envoie le grand cahier où ses jeunes élèves ont pris, lors de mon passage, des notes sur moi. Noredine : « Il est franc, consciencieux, aimable. Il ressemble à un acteur célèbre dont je ne me souviens plus. » Najim : « Il n'a pas la même mentalité que les Parisiens. Il n'est pas snob du tout. » Aïcha : « Jérôme et son cheval Eaubac, c'est une grande histoire d'amour. J'aime bien votre allure, votre façon de parler, votre succès. » Morgane : « Il doit être très vigoureux et soigneux de lui-même. Il a l'esprit libre. » Marine : « On voit qu'il aime son cheval, qu'il le comprend. » Benjamin : « Je le trouve intéressant, sportif, intelligent, ouvert et gourmand. Il a eu une vie difficile à cause de la mort de son frère jumeau, puis de son père. Cela me fait mal au cœur, car si moi-même je perdais mon frère jumeau, Mathieu, je serais dans le même état de tristesse. Ne plus avoir de père est un drame car on n'a qu'un seul père... »

Je leur réponds par retour du courrier : « Chers tous, depuis que je suis venu à Talant, dans votre collège, un jour gris de novembre, je n'arrête pas de penser à vos regards lumineux qui m'évoquent si fort des flammes de chandelles. Elles brillent et dansent malgré le vent. Elles sont têtues et vaillantes. J'ai été heureux de vous parler comme on parle à des amis en qui, d'emblée, on a confiance. Peut-être même ai-je trop parlé, ce jour-là. Certains me l'ont d'ailleurs reproché, avec humour : "Ses réponses étaient si longues qu'on ne se souvenait plus de la question." Mais vous savez ce que c'est, on se sent bien, dans une sorte d'intimité peuplée, grouillante, on oublie l'heure et on ne s'arrête plus. J'avais en effet le sentiment que vous compreniez ce que j'ai parfois du mal à dire et que Bilal, en une phrase, exprime magnifiquement : "Quand il monte sur son cheval, c'est comme s'il demandait au cheval de porter sa peine." Alors, je suis reparti de Talant à la fois comblé et insatisfait. Comblé par votre écoute, votre attention, votre "vigilance" comme disait Barbara, et insatisfait parce qu'il me manquait de mieux vous connaître. Vous savez tout de moi. Combien la mort a frappé tôt les êtres qui me sont le plus chers ; dans quel but j'écris (afin que vivent toujours ceux qui ont disparu) ; pourquoi j'ai la passion des chevaux, ces grands animaux justiciers, et la détestation des petites vanités littéraires (merci d'avoir noté que je suis le plus normand des Parisiens !) ; et comment mes trois enfants, Gabriel, Jeanne et Clément, m'aident à grandir sans vieillir. Mais moi, qu'est-ce que je sais de vous ? Par bonheur, vous me l'avez écrit, sur un beau et grand cahier, que j'ai lu et relu plusieurs fois. Je ne m'étais donc pas trompé. Vous êtes des filles et des garçons formidables. Vos phrases, vos idées, vos rêves et même vos regrets ressemblent à vos visages : ils sont éclairés et éclairants. J'ai adoré vous accompagner à Meïpe, dans la maison de pain d'épices où coule le chocolat, dans la cabane aux animaux, dans les coquillages sous-marins où l'on mange des moules-frites, dans un monde préservé des catastrophes et des maladies. Vos utopies sont bien réconfortantes. J'aime aussi vous entendre vigiler dans votre vie quotidienne. Et je ne déteste pas vous voir me prêter, dans de jolis contes, des vertus chevaleresques que j'aimerais tant avoir... Mais ce qui m'a le plus ému, ce sont les portraits que vous avez faits de vos héros dans la vie réelle. Je n'oublierai pas la maman exemplaire d'Alexandre, le père de Siham qui a tout sacrifié pour le bonheur de ses enfants, la cousine de Juliette atteinte de mucoviscidose, la petite sœur d'Arnaud et le frère jumeau de Mathieu — comme vous en parlez bien, de ceux qui sont humbles et auxquels vous rendez leur fierté, de ceux dont la différence vous grandit et le courage vous épate, de ceux que j'ai l'impression désormais de connaître grâce à vous — ça, c'est le pouvoir magique des mots. Maintenant, j'ai hâte de vous revoir. De mettre vos visages sur vos textes. Et de vous dire que vous êtes vraiment aux "racines de l'écriture". J'ai confiance en vous. Dites à Francine Ohet combien je lui suis reconnaissant d'avoir orchestré notre rencontre. D'une enseignante de cette qualité, croyez-moi, vous vous souviendrez longtemps. Chers tous de Talant, du fond du cœur, je vous remercie de vous. »

2 avril

Retour, samedi soir, de Lyon après la journée passée, pour France Culture, chez Jacques Chauviré. Je ne suis plus habitué, en fin de semaine, à rester si longtemps assis. J'ai des démangeaisons dans les jambes. Le TGV traverse une Bourgogne ensoleillée et m'offre sans cesse le spectacle désirable de chevaux en liberté dans des prés riches et de cavaliers en promenade sur des sentiers ferrugineux. Je ne tiens pas en place et fais jouer les muscles de mes mollets. Je suis aussi excité et exaspéré qu'un homme devant qui une jolie femme, protégée par une vitre épaisse, se dénude et s'offre sans s'offrir. Arrivé gare de Lyon à la nuit tombée, au lieu de rentrer chez moi, je fonce gare Saint-Lazare afin d'attraper le dernier train pour la Normandie. Je n'ai pas envie de monter, j'ai un irrépressible besoin de monter.

Je me souviens d'un festival de Cannes où, comme chaque année, j'enregistrais *Le Masque et la Plume*. Au sortir d'une projection, j'ai même oublié de quel film il s'agissait, j'avais été gagné, à mon corps défendant, par cette fièvre qui me saisit souvent lorsque je m'y attends le moins et contre laquelle ma pauvre raison ne peut rien. J'avais alors pris un avion à Nice, puis un train, enfilé mes bottes à Fauguernon, et étais allé participer à un concours hippique du côté de Beuzeville avant de revenir, penaud et cerné comme si j'avais assouvi à Pigalle un coupable désir, pour animer sur la Croisette, avec le plus de naturel possible, mon émission de cinéma. C'est dans ces situations extrêmes que je me sens double, que je frôle, avec un faux aplomb, la schizophrénie. En moi, le cavalier empêche toujours le journaliste de se donner complètement à son métier. Il casse la belle ordonnance de ma vie professionnelle, il raille mon esprit de sérieux, il m'ouvre aussi, lorsque je suis oppressé, de somptueuses et mystérieuses perspectives cavalières.

3 avril

Je n'ai pas compté les heures que, dans un état proche du nirvana (où s'arrête l'excitation, où commence la sérénité ?), j'ai passées aujourd'hui avec Eaubac. Il m'a semblé que c'était une éternité.

4 avril

Courbé sur une chaise, cravaté comme s'il se préparait depuis longtemps à une cérémonie, il m'attendait, immobile et impatient, dans l'entrée sombre de son petit appartement de Neuville-sur-Saône. Sa maigreur m'impressionna, la peau de parchemin sur les os, le poids d'un ange. Et ces yeux ! Des grands yeux clairs d'une telle humanité, des yeux de médecin des pauvres, des yeux qui parlaient.

On s'écrivait depuis deux ans, depuis la parution miraculeuse de son dernier récit, *Élisa,* qui lui avait donné, grâce à Gilles Ortlieb et Georges Monti, une nouvelle jeunesse. Il s'étonnait, lui l'oublié de la littérature, d'être le témoin vivant de sa propre résurrection. Il n'en tirait aucune vanité, trop habitué qu'il était, depuis la mort d'Albert Camus, à douter de ce qu'il écrivait au point de détruire certains de ses manuscrits et de préférer, entre 1980 et 2003, demeurer silencieux. Avec le succès d'*Élisa* et la publication de son *Journal d'un médecin de campagne,* il avait seulement le sentiment, à quatre-vingt-dix ans, d'être en paix avec lui-même.

Les entretiens que, pour France Culture, je venais réaliser à Neuville, il les souhaitait de tout cœur. Il m'avait seulement prié de ne pas tarder. Il se disait fatigué. Je ne mesurais pas combien il accordait, à cette ultime conversation, une valeur testamentaire. On avait choisi la date du 2 avril. Il faisait beau et l'air était si doux. On avait tiré les rideaux pour empêcher la lumière de nous déranger, pour laisser doucement remonter les souvenirs à la surface du jour.

Jacques Chauviré était né à Genay, dans l'Ain, en 1915. La même année, son père tombait pour la patrie, quelque part sur le front de Champagne. Il avait grandi sous la photo du sous-lieutenant casqué, dans l'évocation lyrique des Éparges et de Craonne, au milieu des femmes rescapées du désastre, sur les rives de la Saône, son « fleuve nourricier » qu'il vénérait. Cette enfance païenne chauffée aux feux de tourbe, rythmée par les sabots des chevaux de trait, irradiée par le visage amoureux de sa nourrice Élisa, il avait le sentiment que le grand âge la lui restituait enfin, intacte et parfumée. C'était, me disait-il, le privilège de durer, on devient un « enfant-vieillard ». Il regrettait que ce tardif bonheur de la mélancolie eût été refusé à son condisciple Jean Reverzy, qu'il avait rencontré à la faculté de Lyon et qui est mort à quarante-cinq ans en laissant derrière lui *Le Passage*, ce beau livre triste.

Médecin généraliste formé à une science qui, en ce temps-là, était encore une humanité, Jacques Chauviré a ouvert son cabinet à Neuville-sur-Saône, en 1942. Il n'en a plus bougé pendant quarante ans. Sa vie, il l'a consacrée à soigner les humbles, les démunis, les personnes âgées. Jamais il ne s'est accoutumé à la souffrance. Toujours, malgré sa foi, il a pensé que la mort était « un scandale ». Après la noyade d'un enfant atteint d'une scoliose et pour lequel il avait préconisé des exercices de natation, il eut le sentiment d'être trahi et confronté, dans son métier, au mythe de Sisyphe. Il écrivit alors à Albert Camus parce que lui seul « pouvait comprendre ». Il avait raison. Ce fut le début d'une amitié d'hommes révoltés. Entre le grand écrivain qui regrettait de n'être pas médecin et le petit docteur de Neuville qui écrivait la nuit, cela ressemblait à de la fraternité. Elle était nourrie, sur le bien et le mal, des mêmes questions sans réponse que le temps n'apaise pas.

C'est Camus qui fit publier à la NRF, en 1958, le premier roman de Jacques Chauviré. Avec *Partage de la soif* apparaissait la figure exemplaire et tiraillée du docteur Desportes dont on allait suivre, qu'elle fût en usine ou en hospice, la vie quotidienne dans *Les Passants*, *La Confession d'hiver*, *Passage des émigrants*. Et puis, en 1980, Gallimard refusa un de ses manuscrits. Jacques Chauviré cessa d'écrire en même temps que le médecin généraliste arrêtait d'aller l'hiver, de maison en maison, « se réchauffer les oreilles à la poitrine d'enfants fiévreux ».

En ce samedi 2 avril, le vieil écrivain me répétait que de ne plus visiter les malades lui avait coupé le sifflet. Il doutait encore d'avoir fait une œuvre. « Vous parvenez à me le faire croire », me glissa-t-il avec tendresse. En vérité, mon enthousiasme n'y changeait rien, il campait sur ses modestes positions et, d'un geste conciliant, acceptait de voisiner, dans ma bibliothèque, entre Jean Forton, Emmanuel Bove et Miguel Torga. Se négligeant, il préférait évoquer ses livres de chevet, le théâtre de Racine, les poèmes de Rimbaud et de Valéry, les grands mémorialistes, Saint-Simon et Chateaubriand, et surtout réciter l'obsédant vers de Baudelaire, ce « vert paradis des amours enfantines » dont il avait fait à la fois sa devise et une promesse d'éternité.

À la fin d'*Élisa*, il écrivait : « J'appartiens à un âge où il est préférable de ne pas parler et d'attendre. » Ce samedi-là, il avait jugé qu'il était bon de beaucoup parler, une dernière fois. Je l'ai écouté comme on écoute quelqu'un de sa famille, qui n'a rien oublié. Avant que je parte, Jacques Chauviré m'a pris les mains, les a serrées très fort, j'ai eu la poignante impression qu'il s'accrochait à la vie. Dehors, braillant dans le soleil, il y avait des mouettes sur la Saône. Le lundi matin, l'un de ses fils l'a trouvé couché dans l'entrée de son appartement. Il était mort. L'enfance l'avait rattrapé.

5 avril

Je retrouve des lettres émouvantes de Jacques Chauviré après sa lecture de *La Chute de cheval* et de *Perspectives cavalières*. Je comprends mieux, aujourd'hui, cé qui pouvait le toucher dans ces livres : la présence animale d'une campagne que je célèbre en selle et qui lui évoquait sa jeunesse rurale.

6 avril

Dejeuner avec Xavier Libbrecht, le directeur de *L'Éperon*, qui vient d'emménager dans un nouvel immeuble, rue du Sentier, où il installe, outre son magazine, l'équipe du site cavadeos.com et bientôt celle de *Cheval Loisirs*. Il me fait visiter ses locaux neufs, s'apprête à ouvrir au rez-de-chaussée une librairie équestre, aménage une salle de projection pour y passer des films consacrés au cheval ou des retransmissions de grands concours hippiques, prévoit aussi un espace pour exposer des tableaux et des sculptures. Xavier est plein d'idées, de projets. Dans ce milieu fermé sur lui-même, il me séduit par son ouverture d'esprit et son dynamisme. Je lui conseille de baptiser son nouveau siège « la Maison du cheval », où beaucoup de Parisiens, qui ne savent pas où s'adresser pour connaître l'adresse d'un bon centre équestre, le parcours d'une randonnée, le programme du Cadre noir ou de l'École espagnole de Vienne, se retrouveraient. Ma suggestion lui plaît. J'ajoute que, la Fédération française d'équitation étant une coquille vide, les passionnés ont besoin d'un lieu de reconnaissance. Xavier a les épaules assez solides pour gagner ce pari.

8 avril

Pour la bonne cause (lorsqu'il ne restaure pas un cimetière, il crée un mémorial), Jean-Louis Gouraud a demandé à une quarantaine d'écrivains, parmi lesquels Sylvain Tesson et Christophe Donner, de raconter des histoires d'amour dont le cheval, animal porteur par excellence et parfois emballé, a été l'intercesseur. Évidemment, tout le monde n'a pas obéi au maître de manège et, dans la reprise, les écrivains n'ont pas le même niveau. Ici, l'ex-grand dieu de Saumur, Pierre Durand, côtoie en effet des cavaliers amateurs, très amateurs. Parmi les meilleurs textes de ces *Histoires d'amour et de chevaux*, celui de Bruno de Cessole romance les relations de Paul Valéry avec une lascive écuyère de cirque. C'est torride et poétique à la fois. Non seulement j'ignorais que l'auteur de *Monsieur Teste* eût aimé cette Bathilde, mais je croyais aussi cette aventure improbable. Or, elle est authentique, Cessole l'a trouvée dans un livre de François-Bernard Michel sur Valéry. L'idée me ravit de ce très strict et sévère académicien français s'amourachant d'une amazone qui, moulée dans un maillot couleur abricot, montait, quand le « poète d'État » ne la montait pas avec sauvagerie, un cheval noir sous des lustres empoussiérés.

9 avril

Je reçois une lettre d'un homme que je ne connais pas. Il s'appelle Jean Grandemange et se présente ainsi : « Je suis un assez vieux monsieur, écuyer professionnel, élève et ami complètement admiratif de Monsieur Oliveira (de 1971 à sa mort, en 1988). J'ai créé une petite association dans laquelle les propriétaires de chevaux présentant quelques problèmes peuvent les mettre en pension quelques mois pour que l'on tente ensemble de les comprendre et de les résoudre dans un esprit de légèreté et d'équilibre. Un ami m'a offert votre livre, *Bartabas*. Je ne m'étendrai pas en compliments sur la façon dont vous l'avez conçu et rédigé car d'autres l'ont certainement fait beaucoup mieux que moi. Je souhaitais surtout vous remercier de m'avoir mieux fait connaître ce personnage hors du commun et de m'avoir donné des nouvelles de la petite Éva que j'ai bien connue lorsqu'elle était à l'École du cirque d'Annie Fratellini. Je l'ai même un peu initiée à la monte en même temps que Valérie Fratellini.

« Mais avant de vous quitter, je veux vous gronder un peu d'avoir écrit que le hackamore était un enrênement très brutal. Aucun enrênement n'est brutal en soi ; c'est la main qui s'en sert qui est seule responsable de la brutalité. De plus, le hackamore, s'il est bien utilisé, est un outil spécialement décontractant pour certains chevaux dont la bouche a été malmenée. Si vous passez un jour par Limoux, je vous invite à venir essayer dans mon manège cet outil en parfaite légèreté. Je vous prie de croire, Monsieur, à toute ma sympathie. »

Aussitôt, je réponds à cet écuyer qu'il a raison et que je bats ma coulpe. Il n'y a jamais, en effet, d'embouchures méchantes, seul l'usage qu'on en fait peut être violent. Les mors, les brides, les rênes allemandes, les éperons, les badines sont des instruments de musique d'une grande précision qui demandent à être joués avec une infinie délicatesse. J'avoue à mon correspondant avoir mal jugé le hackamore sous le regrettable effet d'une déconvenue personnelle. À une époque, il m'avait en effet permis de reprendre Eaubac entre deux obstacles, de l'obliger à s'asseoir, de lui donner un nouvel équilibre, mais ma main était trop dure pour cet emploi subtil, elle tirait au lieu de se poser, et le cheval avait frôlé un jour le coup de sang. J'avais alors abandonné le hackamore en négligeant de pester contre moi, seul et unique fautif. La lettre de M. Grandemange, frappée au sceau du bon sens, réveille ce mauvais souvenir et quelques remords.

10 avril

Après quinze jours d'absence, et une semaine d'épreuves à Saumur, Cathy est de retour au Brévedent, tout sourire. Elle a obtenu son diplôme d'instructeur. Elle le méritait. On va fêter ça. Elle ne tarit pas d'éloges sur Holliday, que Gabriel lui avait prêté pour l'épreuve de CSO. Il a fait un si beau tour que tout le monde, là-bas, voulait acheter ce cheval de rêve, à la fois calme dans sa tête et puissant sur les barres. La fierté de Jean-Luc enrobe le bonheur de Cathy.

11 avril

La plupart des chevaux font des écarts lorsqu'ils ont peur d'on ne sait quoi et sont surpris dans leur bonhomie. Eaubac, lui, se surpasse. Il se dresse, pivote sur lui-même à cent quatre-vingts degrés et part au triple galop. Aujourd'hui, je l'ai échappé belle. On quittait une petite route et on allait s'enfoncer dans un sentier ombragé quand il a vu, bien avant moi, un bûcheron en salopette vert-de-gris qui s'apprêtait au loin à tronçonner un arbre. Sans que j'aie le temps de réagir, il a exécuté une grande pirouette pour repartir en sens inverse sur la route et galoper comme un fou paniqué. Impossible de l'arrêter sur cinquante mètres. Si une voiture était passée par là, c'était l'accident assuré. Une fois qu'il a jugé le danger assez éloigné et plutôt méprisable, mon cheval furieux est redevenu doux comme un agneau. C'est ce que j'aime tant dans l'équitation d'extérieur : elle est toujours imprévisible. Un même chemin ne se ressemble jamais. On doit toujours compter avec ce que le cheval prend pour des ombres inquiétantes, des bruits menaçants, des prédateurs imaginaires. Il faut être aux aguets et avoir la jambe ferme si l'on ne veut pas être désarçonné.

14 avril

Naissance, en Italie, d'un cheval cloné. Il s'appelle Pieraz-Cryozootech-Stallion et il est le clone du champion d'endurance Pieraz, propriété de la cavalière américaine Valérie Kanavy. Déjà, en mai 2003, un poulain issu du clonage de sa propre mère porteuse avait vu le jour à Crémone, dans le laboratoire du professeur Cesare Galli. Henri Bozo, qui dirige le haras des Monceaux à Lisieux où il élève des chevaux de course, exprime exactement mon opinion : « Le clonage est une idée ridicule. Ce qui est beau, dans mon métier, c'est d'utiliser ce que nous offre la nature, et non de chercher à la maîtriser de manière artificielle. » Que Michel Houellebecq pense le contraire est assez réconfortant.

15 avril

Nos cerisiers sont en fleurs, d'éclatantes fleurs blanches. Pendant quelques jours, la Normandie est chinoise. C'est le seul moment de l'année où ce pays rugueux a du raffinement et, dans la lumière bridée du soir, des yeux de soie.

16 avril

À cheval tout l'après-midi, je suis saisi, au petit trot, par la puissante odeur de l'herbe fauchée. C'est un parfum qui, depuis toujours, m'enivre, m'obsède et me rattrape au seuil de chaque printemps. Le long de ma promenade proustienne, j'essaie de localiser la source de ce trouble si particulier, mais n'y parviens pas. À quel lieu remonte cette mémoire olfactive ? À Saint-Laurent-sur-Mer, où un homme inquiétant, armé d'une longue faux, décapitait avec une rigueur métronomique les hautes herbes et les marguerites des champs ? À Bray-sur-Seine, où je tondais méthodiquement les pelouses rondes et mamelues ? Sur le bord de la route de campagne où mon frère jumeau fut renversé ? Je n'arrive même pas à faire la part du bonheur et de la tristesse que cette odeur si chère m'inspire. Est-ce qu'elle me guette ou est-ce que je la poursuis à cheval ? J'aimerais tant savoir.

17 avril

Je suis bouleversé par la lettre que m'adresse, ce matin, la fille de Jacques Chauviré qui assistait, le samedi 2 avril, à nos entretiens : « ... c'est avec un frémissement d'émotion profonde que j'ai vu mon père se lever et saisir vos mains — lui qui était si économe de manifestations physiques — et vous-même, les tenir serrées pendant de longues secondes. J'y ai lu sans équivoque un signe du jamais plus. Lorsque mon frère aîné et moi-même l'avons lavé et vêtu pour la dernière fois, il était tiède encore, j'ai noué sous son col cette même cravate qu'il avait choisie dès cinq heures du matin pour vous recevoir. Elle avait repris place auprès des autres, peu après votre départ. Voilà, c'est tout simple et les larmes m'envahissent... »

18 avril

Dans ce pays-là, si loin de chez nous qu'il semble situé aux confins du rêve, on abandonne aux vautours le corps de la femme aimée ; on dépose sur un rocher le crâne du cheval auquel on veut exprimer sa gratitude et rendre les honneurs ; on brûle au fer rouge le cul de chiens afin qu'ils cessent d'aboyer ; on nettoie les blessures avec de la poudre à fusil dissoute dans de l'urine ; et on boit, pour s'endormir, du lait fermenté de yak.

Tout est beau, d'une beauté sauvage, cruelle, dans ce livre âpre venu de Mongolie et porté par le grand vent de la steppe. Le style, d'abord, simple et aride jusqu'au dénuement. Un antistyle, comme on dit un antiseptique. Il chasse le virus du paraître, de la fioriture inutile, il résiste à la maladie de l'occidentalisation. On a l'impression de lire un conte, d'écouter une complainte. Une prose orale, venue de la nuit des temps.

Les paysages, ensuite. Survolées en plané par les grues bleues et peuplées de loups, ces terres sibériennes du haut Altaï, traversées par le fleuve Chomdu, se confondent avec le ciel immense. Elles semblent être encore la preuve, ici-bas, que « tout demeure, rien ne passe ni ne s'efface, ce n'est qu'une métamorphose ».

L'histoire, enfin. Schuumur a perdu l'épouse qu'il n'avait pas su aimer et dont il a découvert trop tard les vertus. Il se retrouve seul, sous la yourte, avec ses enfants. Sa maîtresse le rejoint, elle est prête à prendre la place de la défunte et à se comporter comme une mère pour les trois orphelins, mais Schuumur n'en veut plus. Il renie le plaisir qu'il a connu dans les bras de

Gulundshaa, la traite méchamment de marie-salope et campe soudain avec hypocrisie dans le rôle moral du veuf intraitable. C'est vraiment un homme.

Ici, les Touvas sont en guerre contre les hordes pilleuses de Russes, de Chinois et de Kazakhs. Et ils font l'amour sans tendresse, comme on tanne le cuir. Les femmes, elles, se battent, mains nues, pour reconquérir le bonheur saccagé. Elles ont de la grandeur d'âme, une énergie redoutable, une puissance minérale. Dans la magnifique scène d'ouverture, une fillette qui a perdu sa mère chante à y perdre sa voix pour supplier une jument rétive (« une citadelle imprenable ») dont le petit est mort d'accepter qu'un autre poulain, orphelin celui-là et assoiffé, boive son lait. La jument se cabre, la fillette hurle, elle essaie — la scène est d'une violence incroyable — de faire entrer la queue du poulain dans le vagin de la mère adoptive pour que leurs odeurs se mêlent — tout un symbole, qui court, obsédant, le long du livre. On n'en dira pas davantage. Chez les Touvas, en effet, on prétend qu'il ne faut raconter à personne les rêves heureux qu'on a faits, et *La Fin du chant* est l'un des plus beaux rêves que la littérature d'aujourd'hui nous offre de vivre.

L'auteur s'appelle Galsan Tschinag. C'est un chaman mongol de soixante ans qui a grandi dans une famille d'éleveurs nomades touvas en

Mongolie occidentale et qui, après avoir étudié dans l'ex-RDA, écrit désormais en allemand. Il se refuse à l'imagination et prétend seulement raconter ce qui a été et dont il est l'ultime témoin. *La Fin du chant* paraît à L'Esprit des Péninsules, qui est le consulat, à Paris, des mondes perdus, des femmes téméraires et des chevaux sauvages.

19 avril

Relisant Jacques Réda, dont je goûte si fort les vagabondages poétiques, je tombe sur ce vœu qu'il exprime, et où je reconnais ma propre ambition, d'écrire « comme courent les chevaux, la grâce même et la juste vitesse, la fantaisie du naturel, l'incarnation immédiate d'une pensée limpide ».

21 avril

Je suis l'invité de l'émission *Des brides et vous*, sur la chaîne de télévision Equidia. J'ai demandé que Sylvain soit présent. Les chroniqueurs le regardent et écoutent son témoignage avec stupéfaction. Ils applaudissent sa sereine ténacité. Une séquence est également consacrée à la cavalière de dressage Constance Ménard, qui fait très bien l'éloge de sa ronde et puissante Noisette, une jument hollandaise aux allures de trait qui a connu l'attelage et le cirque avant d'exceller, sous la selle de la fine écuyère, dans le piaffer-passage. Sur le plateau, Constance m'apprend que « nous avons un cheval en commun ». Je tourne vers elle des yeux étonnés. « Looping ! » me lance-t-elle. Et de me raconter comment, pendant quinze ans, elle a emmené au plus haut niveau ce majestueux et priapique étalon hanovrien que j'ai eu le bonheur de monter, pendant un an, chez Georges Cotrait, à Firfol. C'est donc à Constance Ménard, je l'apprends longtemps après, que je dois l'inoubliable ivresse d'avoir passagé, changé de pied au temps, et aussi l'amusement d'avoir impressionné les spectateurs d'un jour avec la cinquième et dodelinante jambe de cet entier. Devant les caméras, on parle de Looping, Constance et moi, comme d'une star dont on aurait partagé ensemble la farouche, exclusive intimité.

27 avril

Une Mme Garnier m'écrit de Versailles une longue lettre. Elle vient de lire *Théâtre intime* et *La Chute de cheval*. Elle a quatre-vingt-dix ans et se présente ainsi : « Mon grand-père, Emmanuel Garcin, était l'aîné d'une famille de douze enfants dont l'un des plus jeunes s'appelait René, qui était ton arrière-grand-père. Ton grand-père Raymond et mon père Emmanuel, chirurgien à la Martinique, étaient cousins germains. » Elle me raconte que mon père, alors âgé de sept ans, était garçon d'honneur à son mariage. Et elle ajoute : « J'ai vécu douloureusement l'accident de ton frère jumeau et ses quinze jours de coma. Puis l'accident de Philippe a été un vrai choc. Une chose m'a vivement frappée, tu as dû le savoir — non, je ne le savais pas —, le drame de Philippe était la reproduction de celui de sa grand-mère Guillain qui s'est passé pendant l'Occupation. Mais elle était à bicyclette en Sologne. Ces morts brutales ont quelque chose de terrifiant. Ta grand-mère, Yvonne, m'avait dit un jour : "Dans la famille, on meurt dans la rue." Comme toi, ton père aimait l'équitation et connaissait ce même bonheur qui, un instant, gommait toutes ses souffrances passées. Au moment de sa chute, il venait de vivre ces moments-là. Philippe est mort joyeux, heureux et c'est tout ce qui compte. C'est le rêve de chacun d'entre nous. Ces bonheurs que te donne aujourd'hui ton cheval, tu les partages avec ton père. »

30 avril

Bartabas au téléphone depuis Tokyo : « Je n'ai pas envie de rentrer. Je suis tellement bien, ici. On pourrait jouer encore pendant des mois. Car on n'arrive pas à répondre à la demande. C'est dommage que tu ne voies pas la ferveur que chaque représentation de *Loungta* suscite. Tu manques quelque chose... » Je le remercie pour toutes les photos qu'il m'a envoyées par Internet. Elles le représentent en compagnie de danseurs, chanteurs, comédiens et officiels japonais. Toujours, il sourit. D'un grand sourire d'aise, inédit et enfantin. « Ça change, lui dis-je, des portraits ombrageux et des profils méchants qui participent de ton inquiétante légende. Jamais je ne t'ai vu autant sourire devant les objectifs. À croire que, là-bas, tu présentes une comédie ou une farce. » Et lui : « Pourtant, crois-moi, il n'y a rien de forcé. Je suis heureux, c'est tout. Je rends aux Japonais le bonheur qu'ils me donnent. Je me demande même si je ne vais pas finir mes jours dans un jardin de Tokyo, seul avec trois chevaux. »

1er mai

L'aveuglant soleil des champs de colza à perte de vue. En allant avec Eaubac du côté du haras de la Hétraie et en longeant la belle piste de galop, je suis entouré d'une mer de fleurs jaune vif qui exhalent un parfum sucré de tilleul et de nectarine. Il fait très chaud. Eaubac est en sueur. Il s'épuise comme un vieux cheval englué dans un inondant parfum de confiture.

2 mai

Pour quelques jours, Anne-Marie a mis Danseur en pension dans l'écurie de dressage de Françoise Kloninger. Trop de monde au Brévedent, trop de stagiaires pour les vacances de Pâques, trop de cris et de remue-ménage, trop d'indifférence. Besoin de silence et de rigueur, besoin aussi de complicité. Françoise lui donne l'intimité dont elle a besoin. Elle porte, sur son travail, un regard exigeant et, sur son cheval, des yeux attendris. Qu'elle soit à pied ou en selle, Anne-Marie a besoin qu'on l'aime. Il ne faut jamais se fier à son goût proclamé pour la solitude, qui est un refuge où elle veut être dérangée, écoutée, embrassée. Danseur est le magnifique instrument de cette contradiction. Il l'aide à fuir mais il n'assouvit pas son besoin d'être considérée. Ce qui a changé avec le temps : elle attend qu'on parle de son cheval comme, autrefois sur la scène des théâtres, on parlait de la comédienne. De Danseur, elle dit d'ailleurs : « Il était *bien* aujourd'hui », et il me semble alors entendre les « J'étais *bien* ce soir » qu'elle claironnait, après s'être démaquillée, sur le parvis du Théâtre de Paris ou du Silvia-Monfort. Dans ce *bien,* elle met tout ce qui ne s'explique pas et qu'on appelle communément, dans un manège ou sous les projecteurs, la grâce.

3 mai

Des milliers d'heures à trotter le long des routes du pays d'Auge, entre Le Faulq, Le Pin et Blangy-le-Château, m'autorisent à établir une typologie des automobilistes qui croisent, sur le macadam, un cavalier. Les Parisiens ralentissent et s'écartent avec une prudence courtoise ; les étrangers, principalement des Anglais et des Hollandais, poussent la délicatesse (ou la connaissance du comportement équin) jusqu'à s'arrêter et couper leur moteur ; et les Normands du Calvados accélèrent, quand ils ne prennent pas un méchant plaisir à frôler le cheval — certains ne seraient pas mécontents de voir le cavalier chuter. J'en déduis qu'on n'est jamais prophète dans son pays.

5 mai

Derrière l'impeccable rangée de box blancs et vides, le soleil se couche sur la mer. Le printemps est d'une douceur obséquieuse. On longe les pelouses coupées ras, à l'anglaise, contourne le rond de présentation, pénètre dans la jolie salle des ventes, construite au XIXᵉ siècle en demi-cercle. La métamorphose du paradis des yearlings et des foals en festival de musique m'amuse toujours. Ainsi l'a voulu Philippe

Augier, le maire mélomane de Deauville et patron de l'Agence française de ventes de pur-sang. Ce soir, pas d'enchères faramineuses lancées en pétrodollars et en yens, pas de courtiers suspendus au marteau du commissaire-priseur, et pas de futurs cracks dansant le french cancan sur le ring. Dans cette salle Élie-de-Brignac où furent vendus les légendaires Miss Shirley, Lammtarra, Triptych, Urban Sea, Subotica, et Général du Pommeau, de jeunes virtuoses (parmi lesquels l'époustouflant Julien Chauvin, si accompli dans le répertoire baroque) jouent un trio de Haydn et le merveilleux quintette en *sol* mineur de Mozart. J'adore la manière dont les violons, les altos et le violoncelle, filles et garçons mêlés, s'observent à la dérobée, se lancent des œillades, se sourient, se répondent avec leurs archets, se cherchent pour mieux s'accorder et donnent l'impression de jouer comme s'il n'y avait pas de public — ils ajoutent, à l'allégresse mozartienne, l'humour et l'insolence de la commedia dell'arte. Ce n'est pas seulement le cercle de l'harmonie, c'est aussi une petite horde de yearlings en liberté, une nuit de printemps sur la côte fleurie.

6 mai

Un rapace que je n'avais pas vu (il est de l'exacte couleur du poteau de bois sur lequel il sommeillait ou veillait) s'envole sous le nez d'Eaubac en faisant un bruit sec de cerf-volant ; un énorme lièvre, jailli d'un champ de jeunes blés, vient le narguer au moment où il mange de l'herbe ; un joli chevreuil, caché derrière une meule de foin, détale en nous voyant ; une douzaine de veaux pie nous suit au galop dans un grand champ ; un haflinger, qui s'ennuie sous les pommiers, se gonfle en nous apercevant, façon de dire qu'il aimerait se joindre à nous : une promenade ordinaire dans la campagne augeronne, sous le soleil du mois de mai.

7 mai

Monté une heure et demie Eaubac en extérieur et puis, dans la foulée, une heure et demie Holliday en bride et sur le plat, où il m'a donné de beaux appuyers au galop. Ce soir, je suis exténué. Mais quelle réconfortante fatigue.

8 mai

Il n'est pas un dimanche matin où je ne pense à l'époque, pas si lointaine, où je me levais aux aurores pour partir en concours. Les affaires avaient été préparées la veille, les cuirs graissés, la chemise et le pantalon blancs repassés. Il faisait encore nuit lorsque j'arrivais aux écuries pour panser Eaubac, lui mettre ses protections de transport, le faire monter dans le camion. Je me rendais ensuite, par des chemins de traverse, sur des terrains improbables, certains enherbés, d'autres bien sablés, et passais la journée à attendre mon tour, quinze obstacles à sauter en moins de trois minutes, un flot, une plaque, ou rien, et puis retour au club, dans l'obscurité triste des dimanches soir. J'ai tenu pendant des années, chaque fin de semaine, ce rythme fou. Avec le recul, il me semble que je me suis montré d'une patience et d'une obstination exemplaires. Pour le plaisir de sentir mon cheval *se donner*, pour le bonheur de partager avec des copains l'excitation des petites prouesses, j'ai aimé ces compétitions plus que tout. C'est fini. Aujourd'hui, je savoure ma solitude équestre, et la préserve comme un trésor.

10 mai

Marc Dugain vient me chercher au journal pour déjeuner. Pas rasé, il sent la campagne. Il est bronzé et souriant. Je mets sa belle mine sur le compte du succès. Son portrait romancé du mystérieusement légendaire patron du FBI, Edgar Hoover, *La Malédiction d'Edgar*, s'arrache en effet en librairie. Certes, l'écrivain est flatté. Mais c'est le cavalier qui, sous mes yeux, respire le bonheur. Car il débarque de Dordogne, où il a galopé pendant une semaine sur ses terres. Quarante hectares de forêts et de champs qui entourent le château du XIIe et les deux fermes qu'il a achetés et restaurés. Il est amoureux fou de la jeune et susceptible jument andalouse sur le dos de laquelle l'auteur de *La Chambre des officiers* ressemble, j'imagine, à un jeune seigneur du Moyen Âge. Mais il est aussi très amoureux de la princesse marocaine dont il partage la vie, trois semaines par mois, à Casablanca et qui voudrait le convaincre de monter plutôt des chevaux arabes à Marrakech. Marc est tiraillé entre la Dordogne et le Maroc, sa jument et sa compagne. Je lui avoue qu'il est des conflits intimes plus douloureux et moins nobles.

13 mai

Ma fille Jeanne revient de l'hôpital de Vernon où elle est allée réconforter sa copine Jessica, qui a fait une très mauvaise chute. Elle venait d'acheter un nouveau et prometteur cheval d'obstacle avec lequel elle avait gagné la coupe dès son premier concours. Le deuxième s'annonçait aussi victorieux. Elle était à la détente, il a fait le fou, elle est méchamment tombée : fracture et déplacement du fémur, la jambe en arc-de-ciel, une douleur indicible. À l'hôpital, on a mis Jessica sous morphine. Elle en a pour des mois avant de remarcher. « Avant de remonter », ajoute Jeanne, lucide. Elle sait bien qu'un cavalier brisé n'aspire qu'à respirer le vent du galop, sa seule convalescence.

14 mai

C'est une selle mixte d'un beau cuir havane qui porte, sur ses quartiers, une griffe très célèbre. Elle dort dans la pénombre du cellier, sur un pied en bois. Elle s'ennuie de n'avoir pas servi, ou à peine. Je laisse la poussière du temps doucement la patiner. Elle a la tristesse de ces objets inutiles qui deviennent des œuvres d'art si l'homme veut bien les épouser, mais sont réduits à l'état d'antiquaille, si l'on s'obstine à les ignorer. Parfois, je la regarde et il me semble qu'elle me reproche de l'abandonner au milieu des malles de couvertures de paddock, des rangées militaires de bottes et des piles de bombes noires. Elle ne comprend pas, la belle, que je lui préfère ma vieille selle Forestier, achetée pas cher il y a une dizaine d'années, mal entretenue, graissée à la va-vite, rongée par le sel de la mer et le froid de l'hiver, mais que j'ai faite à mon corps, que j'ai moulée, et dont chaque partie, du pommeau au troussequin, des étrivières aux contre-sanglons, porte la trace exacte de mes aventures, le relief de mes exigences, le moelleux de mes abandons, la géographie de mes défauts et la preuve crasseuse de ma persévérance.

C'est que la selle de luxe dont je n'ai pas l'usage, ou plutôt dont je ne veux pas avoir l'usage, m'a été offerte par un ami qui voulut, un jour, m'exprimer sa gratitude. Je n'en méritais pas tant. Il n'était pas cavalier, mais il savait ma passion et était même venu au Brévedent en mesurer l'empire. Il avait donc choisi ce cadeau somptueux et intime. Car une selle, ce n'est pas un siège, c'est un prolongement de soi. J'avais été surpris et ému. L'arçon matelassé et si joliment dessiné portait le poids d'une belle complicité littéraire, quinze ans de confidences, de combats en commun, d'enthousiasmes partagés, d'affinités électives et de voisinage fraternel dans les colonnes de quelques journaux. Et puis, sans prévenir, il a trahi ses idéaux et m'a tourné le dos. Il a abdiqué son esprit de résistance et a préféré céder à ses ambitions. Elles étaient pharaoniques. Soudain, il voulait des titres ronflants, de la puissance et de la gloire. Il était célèbre pour son goût de la rébellion, il le devint pour sa soumission aux grandeurs d'établissement. Il était resté jeune à un âge avancé, il est entré tête haute dans la vieillesse chamarrée. Sans doute pensa-t-il alors que j'en savais trop sur lui, préférait-il échapper à mon jugement et voulait-il s'épargner, en me voyant, d'avoir à regretter sa sidérante apostasie. Toujours est-il qu'il disparut pour monter sur le trône d'où, aujourd'hui, il vitupère sans relâche ses contemporains et exige, avec des mines de prélat, qu'on lui baise la main.

De l'homme courageux qu'il fut avant de sombrer dans la mégalomanie, de l'ami en or qu'il a été avant de se vanter d'être un infidèle, reste cette selle trop neuve et négligée. Elle témoigne du temps où, lui et moi, on se croyait mousquetaires, galopant avec panache, jambe contre jambe, dans les allées du monde. Elle était l'instrument de la liberté, elle est le gage de sa déloyauté. C'est une pièce de musée intime que je confie désormais à l'oubli.

17 mai

Retour de Tokyo, Bartabas passe quelques jours en coup de vent à Aubervilliers avant de partir sur les routes de Roumanie à la recherche de musiciens inconnus. Il m'appelle pour qu'on dîne. J'arrive à Aubervilliers. Il est méconnaissable. Le Japon l'a rendu zen, presque transparent. On va manger tous les deux un tajine dans un lieu improbable, le restaurant *La Mamounia* de La Courneuve. Il y fait une entrée remarquée. Il porte en effet des baskets rouge vif, un blouson turquoise sur lequel Zingaro est calligraphié et un pantalon de jean si ample qu'il permet, dit-on, aux ouvriers du bâtiment japonais de mesurer, sur les toits, la force du vent. En fait, Bartabas n'est pas vraiment revenu en

France. Il parle comme s'il était toujours là-bas. Il est intarissable sur les vertus de la cérémonie du thé, son protocole raffiné, sa rigueur mathématique, son temps alangui jusqu'à l'infini, les rêveries qu'elle favorise, l'aspect monacal du lieu qui lui évoque la maisonnette en bois où, dans *Tous les matins du monde*, l'austère Sainte-Colombe joue seul de la viole de gambe, et surtout la qualité sophistiquée de l'accueil qu'elle représente. Il voudrait demain recevoir le public à Zingaro comme le maître du thé l'a servi à Tokyo, avec des égards d'un autre siècle. Il me parle aussi de la chorégraphie silencieuse des joueurs de sumo avant le combat, des cavaliers qui perpétuent l'art du tir à l'arc, des jardins d'eau et de pierre. Il a déjà programmé son retour au Japon, l'année prochaine avec son Académie du spectacle équestre de Versailles et l'année suivante, avec son nouveau spectacle. Il a envie de créer pour ce peuple qu'il ne connaissait pas, il y a trois mois, ou si mal. Et lorsqu'il vitupère la France, c'est de manière asiatique, avec une colère dissimulée sous un parfait sourire de politesse.

22 mai

Rodéo sur la Croisette. Au festival de Cannes, les films de Wim Wenders et de Tommy Lee Jones se succèdent en effet, et se ressemblent.

Pour un cavalier, c'est même assez troublant. Voici en effet deux westerns contemporains, deux road movies équestres, où les chevaux sont les vecteurs de la liberté. Dans *Don't Come Knocking*, de Wenders, un acteur fatigué de jouer et de vivre quitte le plateau de l'Utah où il tournait un navet, sort du cadre et part au grand galop, sur un bel hongre noir, pour sa ville natale où il va tenter de faire la paix avec son passé. Dans *Les Trois Enterrements de Melquiades Estrada*, de Tommy Lee Jones, un cowboy rugueux fait charger, par le flic qui l'a assassiné, le cadavre de son meilleur copain sur le dos d'un cheval pour aller l'enterrer dans sa terre natale, le Mexique. Dans les deux films, on traverse des paysages arides, mythiques et magnifiques, à la John Ford. Que ce soit Sam Shepard chez Wenders, dont il a coécrit le scénario, ou Tommy Lee Jones dans son propre film, les deux comédiens ne trichent pas : ils vivent en effet le plus clair du temps dans leur ranch, en jeans et shaps, le premier dans le Kentucky, le second au Texas. Ce sont des taiseux un peu sales, un peu poussiéreux, dont la peau burinée ressemble à un désert. Ils croient aux vertus de la litote, au gouvernement de la désillusion, à la fidélité en amitié et au code de l'honneur. Ils préfèrent les mustangs aux Chevrolet. J'ai croisé Sam Shepard hier soir, sur la plage du Martinez où se déroulait la fête de clôture du festival : il avait les jambes arquées du cavalier qui a beaucoup serré les mollets et il marchait, mélancolique, solitaire, le long de la mer en tirant d'un gros cigare de savantes volutes, tandis que, plus loin, Émir Kusturica, Salma Hayek, et les frères Dardenne dansaient comme des fous. Quant à Tommy Lee Jones, il a reçu son prix d'interprétation masculine sur la scène du théâtre Lumière sans avoir l'air d'éprouver la moindre joie : mutisme bourru de l'homme de cheval face à une assemblée de pingouins. Parfum de crottin dans l'air méditerranéen.

23 mai

Je lis, de l'écrivain ardennais Alain Bertrand, *En province*. Il y fait notamment l'éloge du cheval de trait, toujours utilisé pour le débardage dans les forêts où le cher André Dhôtel allait cueillir ses champignons, un bon gros cheval qui traverse l'histoire de l'humanité « d'un pas de grand-père » et dont les naseaux « fument comme une pipe à deux trous ».

24 mai

Ce mot formidable de Paul Morand, trouvé dans l'édition de ses romans en Pléiade. Il suffit de mettre la phrase au passé pour obtenir la plus juste des épitaphes : « Une malédiction veut que je sois lancé au galop dans un univers qui trottine. »

25 mai

Une jeune avocate, qui rêve d'exercer à Saumur pour sacrifier en même temps à sa passion du droit et à celle de l'équitation, m'écrit qu'elle exige de ses amants « glabres » qu'ils aient « les mêmes douceurs tactiles » qu'un cheval. Elles les veut longs et fins, avec « des jambes douces et nerveuses, des attaches minces et veloutées, des reins creusés et profonds, légèrement anguleux par endroits. La peau peut être brune, mais jamais noire ou blanche. Elle peut être rousse, tachetée de son, pourvu qu'elle soit glabre et soyeuse ».

26 mai

Déjeuner place de la Bourse avec Patricia Lopez. Elle me confirme qu'elle quitte bien Zingaro en octobre prochain. Elle sera allée, comme elle s'y était engagée, jusqu'au bout de *Loungta*, dont les dernières représentations auront lieu à Rome. Elle fait le compte de tout le temps passé aux côtés et sous l'autoritaire férule de Bartabas : treize années qui l'ont à la fois enthousiasmée et usée. Elle demeure fascinée par l'homme de spectacles, elle n'est pas tendre pour le chef de la tribu qu'elle juge égoïste et trop indifférent à la vie de ceux sur lesquels il règne au quotidien. Elle est seule, par exemple, à s'occuper des moines tibétains, à les emmener chez le médecin, à se soucier de leur moral. Elle voudrait que Bartabas fût plus présent, plus attentif aux autres. Je lui rétorque qu'il ressemble à tous les créateurs et qu'on ne saurait lui demander d'être à la fois un grand artiste et un assistant social. Elle en convient, mais elle s'obstine à trouver qu'il a, pour ses chevaux, des égards, des prévenances, une patience, dont sa troupe humaine ne bénéficie guère. Plus Bartabas remporte des succès, plus, selon elle, la charge du théâtre Zingaro, cette énorme entreprise, lui pèse. Du Japon, elle dit qu'il fut le pays de la révélation et qu'il a ajouté au goût de l'écuyer pour la solitude. Elle a, pour sa part, commencé à s'éloigner. Elle pense déjà à tous les mois qui lui seront nécessaires pour se recomposer après cette épuisante et shakespearienne tempête.

28 mai

Comme chaque année au retour du festival de Cannes, bonheur incroyable de retrouver Eaubac après quinze jours d'absence. Je le caresse, le serre dans mes bras, double le temps de pansage, lui parle, l'interroge comme s'il allait me répondre. En promenade dans les champs, tête en l'air, j'observe avec curiosité deux corbeaux qui attaquent en piqué un rapace, et reviennent plusieurs fois à la charge. C'est la première fois que j'assiste à ce singulier combat aérien.

À peine descendu de cheval, je file à Pont-l'Évêque pour voir, dans le soleil couchant, une belle épreuve de derby. J'aime beaucoup ce mélange, sur le pré, de concours hippique et de cross. Les chevaux doivent être à la fois équilibrés sur les barres et dans le train pour sauter une rivière, à la verticale et à l'horizontale, au petit et au grand galop. J'appartiens à la race des spectateurs jaloux : je préférerais être en selle sur le terrain que debout, derrière les lices. Lorsque la cloche sonne, mon cœur bat comme si je partais sur le tour.

29 mai

Anne-Marie a cueilli une fleur rose et l'a mise sur la tête de Danseur, au-dessus du toupet. On dirait une gravure de mode. Son cheval a l'air ravi d'être ainsi déguisé, décoré. Il lui donne un passage avec beaucoup d'allégresse et de fierté.

30 mai

Ça m'est arrivé une fois, c'est d'une grande banalité, et pourtant, j'ai le souvenir très vif et précis d'un cauchemar. C'était l'été. Je venais d'enregistrer *Le Masque et la Plume* au Festival d'Aix-en-Provence, dans la si jolie cour de l'hôtel Maynier d'Oppède. J'avais repris ma voiture de location pour la restituer à la gare et monter dans un train. Il faisait très chaud. J'étais fatigué par le devoir accompli et heureux de me trouver bientôt dans la fraîcheur du TGV avec, pour m'accompagner, la pile des livres et des épreuves que j'avais emportés. (J'emporte toujours trop de livres, c'est compulsif, j'appartiens à la race des boulimiques.) Au moment de rendre les clefs, j'ouvre le coffre. Il est vide. Mon sac avait été volé pendant l'enregistrement de l'émission. Lorsque je monte dans le train, j'ai l'impression d'être nu. Il m'importe peu qu'on m'ait dérobé mes affaires personnelles, mon rasoir, et même mon carnet d'adresses. Ce qui m'accable, c'est le sentiment qu'on m'a dépouillé de ce qui me fait respirer, c'est la perspective d'avoir à voyager sans pouvoir lire, c'est l'angoisse d'être soudain prisonnier de ma propre liberté. Pendant des heures, j'ai regardé défiler le beau paysage avec les yeux de la détresse.

Il m'a fallu cette insignifiante mésaventure pour que je mesure combien, sinon à mon insu, du moins sans m'en rendre compte, j'avais, depuis la plus tendre enfance, étayé, égayé, calmé, protégé, prolongé, augmenté, multiplié, oublié, trompé ma vie avec des livres, des milliers de livres. Mon métier de critique n'excuse rien. J'étais papivore bien avant de l'exercer ; et je le suis aujourd'hui bien au-delà de ce que ma fonction exige. Toujours, j'ai des livres sur moi, dans mes poches, mes sacs, mes valises, que j'ouvre partout, dans la rue, le métro, l'avion, les salles d'attente, sur l'herbe, en forêt, en voiture, au feu rouge, des livres que je martyrise, souligne, écorne, déforme, ils sont mes compagnons de route, mes confidents, mes maîtresses, mes adversaires, mes stupéfiants, ma force et ma faiblesse. Ils ne me laissent aucun répit. Je ne les laisse jamais en paix. Je leur sais gré du bien qu'ils me font. Je leur en veux de la dépendance dans laquelle ils m'enferment.

J'ai toujours trouvé ridicule la question de savoir quel ouvrage j'emporterais sur une île déserte. Car si je peux me passer de cinéma, de théâtre et même de musique, je ne saurais vivre sans une bibliothèque. Il me la faut pleine à craquer, extravagante, inépuisable. Je dois pouvoir y puiser à chaque instant de quoi assouvir mon appétit d'ogre. D'où vient-il ? Je ne sais pas vraiment. J'ai ma petite idée, bien sûr. Mais est-elle suffisante ? Je crois que cela remonte à la mort de mon père, en 1973. Il était éditeur, d'un style bien particulier. Il n'y avait pas de *nouveautés* dans son bureau, mais des livres anciens qu'il recouvrait de cuir ou de cellophane et dans lesquels, chaque soir, il se plongeait, s'engouffrait. Sur des feuilles, il recopiait à la main, les faisant siennes, des phrases de Montaigne, Diderot, Fontenelle, Saint-Évremond, Stendhal ou Péguy. Il me semblait que, après la mort de mon frère jumeau, il trouvait du réconfort dans cette compagnie invisible et quelques bonnes raisons de ne pas s'épancher. Sans doute ai-je reproduit, inconsciemment, la méthode de mon père lorsqu'il s'est tué, d'une chute de cheval. Je lui ai alors emprunté la faculté de fuir sans bouger et de compter, pour me consoler, quelques alliés de papier. J'avais à peine dix-sept ans, et les livres ont été mon refuge. Depuis, je ne l'ai jamais quitté. Alors, si je lis autant, comme je monte trop à cheval, c'est peut-être pour avoir l'illusion de ne pas vieillir.

4 juin

Je suis heureux de revoir Jean-Pierre Cassel à Trouville. Il me remercie de l'avoir, année après année, poussé à écrire son livre. Son premier, son seul livre. Un recueil de lettres posthumes à Jean Renoir, Abel Gance, René Clair, Joseph Losey, Jean-Pierre Melville, et tant d'autres cinéastes dont il a été l'acteur et parfois l'intime. Le soleil se couche en rougissant sur la baie d'Englesqueville. Malgré sa maladie, sa fatigue, Jean-Pierre ne change pas. Le charme opère toujours. Il a définitivement fait adopter à son grand corps la démarche chaloupée de Fred Astaire et parle d'une voix radiophonique de vieux crooner. Il déborde de projets, un film avec Gérard Berliner et la reprise à la rentrée de son récital Gainsbourg. Il voudrait trouver une belle pièce. Son rêve, monter *Equus*. Je tends l'oreille. *Equus* ? « Mais oui, tu sais bien, cette pièce de Peter Shaffer dont le personnage principal est un garçon d'écurie qui a crevé les yeux de six chevaux... Elle avait été créée en 1976 au théâtre d'Orsay avec François Périer dans le rôle, que je voudrais reprendre, du docteur Dysart et Stéphane Joubert dans celui du jeune criminel, Alan Strang... » Non, je ne sais pas. De Shaffer, je ne connais qu'*Amadeus*. Le film qu'en a tiré Forman est bien meilleur que la pièce originelle, très didactique et rédigée au cordeau. Mais le sujet d'*Equus* me trouble beaucoup. J'y pense toute la soirée. Je n'ose écrire qu'il me trotte dans la tête, mais c'est exactement cela. J'en cauchemarde pendant la nuit.

5 juin

Anne-Marie aux anges. Elle descend de Danseur, plus bauchériste que jamais. « J'ai compris quelque chose ce matin. Il faut rompre les résistances avant la séance, pas après. Danseur a cédé point par point, ensuite seulement je l'ai mis au travail et il a été parfait, même dans le galop. » Elle dit ça avec un rayonnant sourire.

6 juin

Rentré à Paris, je cours acheter le texte d'*Equus*, paru en 1976 dans la collection Le Manteau d'Arlequin, chez la charmante libraire de la rue Rodier qui est installée dans une ancienne boucherie chevaline, peinte en rouge sang. J'ouvre le livre en marchant et découvre que Matthieu Galey en a signé l'adaptation française.

7 juin

Lu *Equus* d'une traite. La pièce s'inspire d'un fait divers authentique. Une nuit, dans les écuries d'un manège anglais, un jeune palefrenier armé d'un crochet en fer a crevé les yeux des six chevaux dont il avait la charge, et qu'il montait en secret comme on s'accouple sur la paille. Dans l'hôpital psychiatrique où Alan Strang est interné, le docteur Dysart s'intéresse à ce cas inédit. Pourquoi a-t-il commis cette monstruosité ? Enfermé sur lui-même, Alan se tait ou bien chantonne pour n'avoir pas à répondre de son acte. Le médecin s'obstine. Il va lentement, patiemment, obtenir des aveux. Le terrible secret est caché dans l'enfance, bien sûr. Une enfance blessée. Une histoire de père. « Les chevaux, explique Shaffer dans une note de mise en scène, sont comme le symbole du châtiment impitoyable, apocalyptiques. » La pièce, trop psychologisante, n'est pas du grand théâtre. Mais je la lis en cavalier, et elle m'émeut dès le premier monologue, lorsque le psychiatre se demande « à quoi ça rime, le désespoir, pour un cheval » et regrette de savoir soigner les enfants mais d'ignorer « ce qui se passe dans la tête d'un cheval ». Et puis l'idée de cet adolescent ombrageux et solitaire prosterné devant le dieu-cheval n'est pas une idée : c'est la réalité d'un fait divers dont le dramaturge s'est saisi. Et je me demande soudain ce qu'est devenu le vrai Alan. Combien de temps est-il resté en prison ? A-t-il ensuite retrouvé les chevaux, les a-t-il montés ? Je n'en ai pas fini avec *Equus*.

8 juin

Cette lettre de l'éphémère Sunsiaré de Larcône à Guy Dupré où elle parle du cheval, « symbole de liberté » et qui se termine ainsi : « Comme par une caresse au front du cavalier aux cheveux de nuit... » Sunsiaré, la mystérieuse compagne de Nimier dans les tôles froissées de l'Aston Martin, la princesse blonde du hussard bleu qui surgit soudain de l'oubli par la grâce d'un garçon de trente-huit ans. Lucien d'Azay, parti à sa recherche avec la passion d'un amant tardif, fait le portrait d'une jolie crâneuse férue d'ésotérisme. Elle tenait à la fois de la Brigitte Bardot de *Et Dieu créa la femme* et de la Vanessa du *Rivage des Syrtes*. Je l'imagine en cavalière dans les forêts d'automne dont elle aimait trop la lumière baroque, en trompe-l'œil.

10 juin

Bartabas m'appelle de Suisse où, devant le succès que rencontre *Loungta* au haras d'Avenches, il doit ajouter à la hâte des représentations jusqu'au 14 juillet. Une fois encore, il me parle de son désir de rencontrer Stéphane Lissner, le patron du festival d'Aix-en-Provence, qu'il ne connaît pas. L'évolution radicale d'Avignon, devenu par la volonté de ses nouveaux et jeunes directeurs un festival de danse plus que de théâtre, et les nombreuses déclarations de ces derniers en faveur de spectacles pour initiés (tout ce qui est populaire, de Bartabas à Philippe Caubère, semble les indisposer), l'inclinent à la méfiance. Je la partage. A contrario, je lui fais l'éloge d'Aix, festival lyrique où, paradoxalement, les metteurs en scène de théâtre, Patrice Chéreau, Luc Bondy, Lukas Hemleb, Peter Brook, Klaus Michael Grüber, Deborah Warner, Stéphane Braunschweig, sont beaucoup mieux accueillis qu'à Avignon. J'imagine très bien les jolies écuyères de l'Académie de Versailles dérouler une reprise au Grand Saint-Jean, sur un air de Charpentier ou de Couperin. Mais je ne veux pas jouer le *go beetwen* si, ce que j'ignore encore, Stéphane Lissner est indifférent à Bartabas. Je l'appelle et tombe par chance sur un admirateur de ses opéras équestres. L'opération, véritable camp du Drap d'or, est donc montée : le 16 juillet, Bartabas, en remontant de Suisse, déjeunera avec le surintendant d'Aix. Les deux me demandent d'être présent. Je refuse et préfère les laisser dialoguer en tête à tête. Ils sont trop différents pour ne pas devenir très proches. Une belle histoire va peut-être commencer.

12 juin

Émilie, retour des Maldives où elle a fêté son trentième anniversaire sous l'eau, poisson parmi les poissons, m'écrit de Saumur : « Je suis à la campagne, jardin splendide, soleil encore frais, j'écoute Barbara et je lis ce court texte de Sylvain Tesson, *Petit traité sur l'immensité du monde*, et je pense à vous. À cause de Barbara et de cet extrait : "Au cours de chevauchées récentes au Turkestan, en Mongolie, j'ai compris que c'est la bête qui commandait. On imagine la mener, elle imprime le tempo [...]. Le voyage à cheval initie le cavalier à une nouvelle lecture du monde. Il l'aide à se fondre dans l'environnement [...]. Le cavalier qui atteint l'eurythmie navigue sur un point vélique, cet axe où les marins situent la convergence des forces de poussée, de tension d'un bateau. Le point d'avancée. La chevauchée devient navigation. Ce qui tombe bien quand on se trouve dans les steppes centrales puisque le tapis des herbes rases ressemble à l'océan, et les yourtes à des archipels d'îlots duveteux." »

16 juin

Il est une heure du matin, à Talant. Impossible de m'endormir dans le petit hôtel près de la gare où j'attends, les yeux ouverts sur mon lit, le train de six heures du matin qui me ramènera à Paris. Les élèves du collège Boris-Vian, et les adultes qui les accompagnaient, m'ont réservé ce soir une fête dans le grand hall du complexe sportif transformé pour l'occasion en théâtre populaire. La tribune était décorée avec d'immenses dessins de chevaux. *Romance sans paroles*, le générique du *Masque et la Plume*, descendait des cintres en cascade. Francine Ohet, professeur de lettres et âme des « Racines de l'écriture », m'avait réservé bien des surprises. Une chorale d'enfants chanta, merveilleusement juste, *L'Aigle noir* et *Göttingen*, de Barbara. Un guitariste interpréta la chanson qu'il avait composée sur un poème de Jean Prévost — le dernier qu'il ait écrit avant sa mort. Et puis j'ai vu surgir de l'obscurité et monter en claudiquant sur la scène mon ami Sylvain Paillette, le cavalier sans jambes venu de Lille pour être de la fête. Après quoi, les élèves m'ont remis le beau livre, augmenté de calligraphies, illustré de photos de moi enfant, plein de galops et de croupades, qu'ils ont réalisé tout au long de l'année. Mon émotion vient de ce que ce n'est pas un livre sur moi mais un livre sur eux, à travers moi. Francine Ohet, dont le travail m'évoque le mot de Montaigne (« Éduquer, ce n'est pas remplir des vases, c'est allumer des feux »), a poussé l'art, et la délicatesse, jusqu'à me faire croire que, avec mes livres, je les avais aidés à exprimer ce qu'ils gardaient secret. De textes en poèmes, de lettres en rédactions, ils me parlent en effet des êtres qui leur sont chers, de leurs regrets, de leurs aspirations, de leurs rêves, de leurs héros dans la vie réelle. Des chevaux, ils font des contes et des fables. Ils m'expliquent comment et pourquoi ils « vigilent ». Bertrand Tavernier et Bernard Pivot, qui m'ont précédé à Talant, m'avaient prévenu : « Attends-toi à ce que ton cœur batte très fort. » Ils avaient raison. À cette assemblée ardente et silencieuse, de tous âges et de toutes origines, j'ai parlé pendant deux heures avec le sentiment d'être dans la complicité absolue. C'était le prolongement naturel, la signification exacte de mon *Théâtre intime*. Les enfants de Talant me renvoyaient le leur, avec une infinie douceur.

17 juin

Elle aime la musique et les chevaux. Elle chante et elle monte. Elle est jeune. Cécile Peltekian m'avait demandé, l'automne dernier, de lui signer un exemplaire de *Bartabas, roman* à la maison de la presse de Pont-l'Évêque. Et voici qu'elle m'adresse le mémoire qu'elle vient de rédiger pour le Conservatoire national de musique, de danse et d'art dramatique de La Roche-sur-Yon. Elle l'a intitulé *La Musique au bout des rênes*. « Le plus délicat, écrit-elle joliment en préambule, c'est d'accorder son cheval. On le monte d'un demi-ton, petit à petit, et on a l'accord. » Son propos, original, consiste à rechercher toutes les correspondances entre la musique et l'équitation. Outre la qualité des archets réalisés avec des crinières d'étalons, elle rappelle à juste titre l'existence du morin-khur, cette vièle mongole dont les deux cordes sont en crin et dont le manche en bois se termine par une petite tête de cheval, ou de la txalaparta, instrument basque qui fait entendre le rythme du galop. Elle pense avec Darwin que les chevaux sont sensibles à la musique — je tiens plutôt qu'ils sont attentifs à celle qu'écoutent, en la traduisant dans leur corps, les écuyers. Et surtout, elle dresse une liste personnelle des œuvres qui conviennent le mieux aux allures, par exemple le premier mouvement de la 4e symphonie de Brahms pour le pas, le menuet de la 39e symphonie de Mozart pour le trot, le quatrième mouvement du 5e concerto pour piano de Beethoven pour le galop. « Je ne dois jamais oublier, conclut la cavalière chanteuse, qu'il me faut rester à l'écoute de mon corps. Qu'il s'agisse d'un cheval de cinq cents kilos ou de ma voix, la moindre marque de tension et de rigidité peut transformer ma monture en une bombe ou fragiliser durablement ma voix. » C'est un beau sujet. Cécile Peltekian devrait en faire un livre.

18 juin

C'est l'époque tendre où les blés sont encore verts mais déjà hauts. Avec Eaubac, on repère les champs vastes où les grosses roues des tracteurs ont laissé des chemins étroits — l'exacte largeur d'un cheval en mouvement. Au pied des blés, le sol est sec et jaune. On s'engouffre dans l'immensité frémissante, on trotte et galope droit, vent debout, au milieu d'une mer de jeunes épis qui caressent en même temps les épaules d'Eaubac et mes jambes. Un parfum chaud de foins coupés venu des prés voisins ajoute à l'odyssée. J'éprouve la merveilleuse impression que nous sommes, heureux de s'être perdus, deux navigateurs terrestres. On tarde dans le soleil couchant à rentrer au port.

19 juin

Déjeuner avec Philippe Augier au jumping international de Deauville, sur l'herbe de l'hippodrome de la Touques, par une chaleur accablante de trente-cinq degrés. Dans le Grand Prix, aux cotes impressionnantes et au tracé subtil (avec plusieurs lignes brisées) que Jean-Paul Lepetit a dessiné aussi précisément qu'un ballet, j'admire une fois encore Michel Hécart. Il monte son fidèle Kannan et réalise un parfait sans fautes. Il y a, dans sa manière de gouverner à la fois son cheval, son parcours et son trac, une force tranquille digne de François Mitterrand en 1981. Bien assis dans sa selle, Hécart ne semble même pas faire des efforts. Il feint d'être entraîné alors que c'est lui, ô combien, qui conduit. Ce que j'admire le plus dans sa monte, c'est sa sérénité : alors que tous les autres cavaliers, après la rivière franchie dans un train de cross et avant d'aborder un double, oxer puis droit, reprennent leur cheval en lui arrachant la bouche, Michel Hécart, d'un imperceptible et délicat mouvement de la main, remet le sien aux ordres, le calme, et le lance ensuite sur l'obstacle. Il pratique le jumping sans peur et sans reproche.

25 juin

Lu avec bonheur le *Petit traité sur l'immensité du monde* qu'Émilie a eu bien raison de me recommander. Je découvre Sylvain Tesson. À seize ans, il consacrait l'essentiel de ses nuits à escalader les cathédrales de France. Il n'en est jamais vraiment redescendu. Ses comparses en vertigineuse stégophilie — la passion des toitures — l'appelaient « le prince des chats ». Il travaillait son équilibre sur les corniches. Il déclamait les poèmes de Péguy aux gargouilles et donnait la réplique aux chauves-souris. Il tutoyait les dieux. Il gravissait les flèches de Chartres et Strasbourg, montait au sommet du Mont-Saint-Michel pour voir se lever sur la baie le blanc soleil d'hiver et dormait à ciel ouvert, en compagnie d'une chouette, au faîte de Notre-Dame. Il lui arrivait également de suspendre son hamac aux poutrelles des ponts de Paris et d'être caressé, dans son sommeil, par les bateaux-mouches.

Aux cathédrales gothiques de son adolescence, Sylvain Tesson, maintenant âgé de trente-deux ans, préfère les frondaisons baroques des vieux arbres. Il grimpe aux conifères comme il défiait les églises. Pour respirer un air pur, un air « rapicolant », vivre en compagnie des oiseaux et s'éloigner des hommes, qu'il n'aime guère et tient pour d'obscurantistes machistes. C'est un jeune Alceste, déjà plein de désillusions et de répulsions. Avant même d'avoir pensé à changer le monde, il s'applique à le fuir « le plus esthétiquement possible ». Il a d'ailleurs choisi sa retraite avant l'heure, un ermitage en forêt, une cabane dans les branches. Il y emportera une arme de chasse, des tonneaux d'alcool, sa chère flûte à bec, du papier de riz pour écrire, et quelques livres indispensables : Hesse, Kerouac, Péguy, Tolkien, Montaigne, Hamsun et Nietzsche. Sans oublier, pour bien lire les reliefs de la terre et de l'âme, le *Précis de géomorphologie*, de Max Derruau, et les *Confessions* de saint Augustin.

Entre deux ascensions, ce misanthrope de la verticalité pratique l'alpinisme horizontal. Il rêverait en effet de ramper, tel cet homme qui, le front contre terre, se rendait à Lhassa à raison de six kilomètres par jour et refusait de marcher afin que les dieux ne puissent pas lui reprocher d'avoir cédé à la facilité. Sylvain Tesson est, lui aussi, un nomade précautionneux. Plus il avance, mieux il abolit le temps. Malgré son goût pour les œuvres du très pressé Paul Morand, il trouve d'infinies vertus à la lenteur. Seul et *by fair mains*, il traverse les steppes d'Asie centrale, le désert de Gobi, le Badakhchan afghan, le lac Baïkal gelé, le N'gari tibétain, l'Inde ou le Sahara occidental... Lorsqu'il ne marche pas, il est en selle. À cheval ou en VTT. Ce qu'il raconte de ses périples équestres au Turkestan, en Mongolie, est exaltant. « C'est la bête qui commande. On imagine la mener, elle imprime le tempo. Elle bat la mesure du sabot sur le sol, et la cadence des journées de voyage [...]. Le point de fusion est atteint quand l'homme et sa bête réagissent en même temps à l'adversité, débusquent la bonne pâture ensemble, esquivent le danger ou l'embûche d'un même geste, sans concertation. Le cheval devient miroir des émotions du cavalier. » Grâce à quoi, Tesson sait faire ce que l'on ne sait plus faire de nos jours : se nourrir dans la montagne, s'orienter dans le désert, construire un gîte, se prémunir contre les fauves, diagnostiquer la maladie dans le crottin d'un cheval, le déferrer, faire manger l'étalon avant le hongre, et gouverner son corps. « Voyager, écrit-il joliment, ce n'est pas choisir les ordres, c'est faire entrer l'ordre en soi. »

Comme tous les *wanderers*, Sylvain Tesson a appris à écrire à la nuit tombée et à l'économie. Cela donne une prose fine, serrée et légère. Pas de lyrisme inutile. Rien que des mots justes tentés par la maxime. Des relations plus que des descriptions. Une philosophie de l'errance et non un mode d'emploi. Cet écrivain en tenue de trappeur ou d'éleveur de yaks est un moraliste précoce.

27 juin

Ce mot de Jean Rochefort : « Je suis un acteur zoologique. Pour jouer, je m'inspire des animaux. Quand j'incarne un courtisan, par exemple, je pense aux mouvements de la grue cendrée. » Mais lorsqu'il emprunte au cheval, il est simplement lui-même.

1er juillet

Il pleut sur Caen. Une pluie grise et oblique. Mon cœur bat plus vite qu'à l'ordinaire. À quatorze heures, un gros sac à la main, plein de disques, de livres, de cassettes des spectacles de Bartabas et de cartes postales de l'Académie du spectacle équestre de Versailles, je me présente à l'entrée du centre pénitentiaire, 35 rue du Général-Moulin. Le gardien-chef m'attend, M. Yvonnet, dans son uniforme bleu nuit. Il tient, dans la main, un énorme trousseau de clefs. Dans la guérite, j'abandonne ma carte d'identité et mon téléphone portable. On me demande de retirer ma veste et mes chaussures, de les mettre sur le tapis roulant où elles passent aux rayons. Après avoir franchi un autre poste de garde et entendu derrière moi se refermer la lourde porte dans un bruit métallique de couperet, je me retrouve au centre de la cour principale, face à un bâtiment qui date de Napoléon. Les détenus y vaquent en survêtement et baskets. Ils ont l'air plus las que révolté. Certains, le regard vide, sont assis sur des bancs. On pourrait se croire, au premier coup d'œil, dans un hôpital psychiatrique. Cette prison, précise le gradé qui m'accompagne et me tient lieu de cicérone, compte plus de quatre cents détenus. Des hommes, exclusivement. La moyenne des peines est de vingt ans. Dix pour cent ont été condamnés à la perpétuité. La spécialité de la maison ? « Les mœurs », lâche M. Yvonnet. Viols, crimes sexuels, pédophilie... « J'ai parfois du mal à lire jusqu'au bout les rapports qui accompagnent chaque nouvel arrivant. C'est dégoûtant. Je ne m'y habitue toujours pas. » Le chef de détention est encore jeune. Il me demande pourquoi j'ai accepté de venir ici. Je lui raconte le coup de téléphone au journal, un matin de l'hiver dernier, de Jean-Luc L. Ancien chef de cabinet d'un maire de Haute-Normandie, coupable de je ne sais quoi, et que je préfère ne pas savoir, il a monté au sein du centre pénitentiaire un petit studio vidéo où il produit et présente un journal hebdomadaire pour l'ensemble de la détention. Il veut « favoriser l'entrée du dehors dedans et la connaissance saine et sereine du dedans dehors ». Il m'a demandé si j'accepterais de venir parler de mes livres, et surtout de *Bartabas, roman.* J'ai répondu oui. Et puis la machine administrative s'est lentement mise en marche, les autorisations ont été délivrées, et me voici, au seuil de l'été, derrière de hauts murs d'enceinte, après une route de deux heures pendant lesquelles je me demandais comment diable, sans tomber dans le mauvais goût ou l'involontaire provocation, j'allais pouvoir, devant des prisonniers, faire l'éloge du cheval en liberté et des galops fous dans les champs de maïs. « C'est bien que vous soyez venu, ajoute M. Yvonnet. Les médias écrivent tellement de bêtises sur notre monde. » Il dit « notre monde » comme s'il était, lui aussi, incarcéré.

Je visite d'abord les ateliers où, chaque après-midi, les détenus peuvent se consacrer à leur passion ; ou plutôt à leurs regrets, à leurs espoirs. Les modélistes font des maquettes de bateaux à bord desquels ils rêvent d'aventures et d'évasion. Les peintres portraiturent des chevaux tempétueux et enfantins. Les imprimeurs exécutent des travaux — programmes, livres, journaux de mairie et de paroisse — pour des commanditaires extérieurs. Le sculpteur taille de beaux et fins corps de femmes dans la pierre blanche de Caen. « Parfois, quand un mur s'écroule de vieillesse, je travaille la pierre de la prison », me glisse en souriant, comme s'il prenait ainsi sa revanche sur son propre destin, comme s'il défiait dans la matière même la clôture de sa geôle, ce détenu dont les dernières œuvres ont été exposées dans une galerie de Ouistreham — elles séduisaient les visiteurs du bord de mer tandis qu'il croupissait derrière les barreaux.

Dans la salle de sport, on défoule en ronflant, en poussant, en gonflant les pectoraux, son trop-plein de force contrariée et, sur la scène d'un petit théâtre, des rockers tatoués chantent des airs guerriers. La pièce d'à côté est une chapelle au fond de laquelle une dizaine d'hommes palabrent autour d'une table. « Des curés, m'explique mon guide. Il y en a de plus en plus. Bientôt, ils formeront ici un gros contingent. Tous condamnés pour pédophilie. »

Après m'avoir montré les cellules, la nef du bâtiment principal en forme de bateau (et partout cette odeur rance, ce remugle de sueur froide, de chambrée d'hommes, qui me poursuivra longtemps), M. Yvonnet me laisse seul avec Jean-Luc L. et l'équipe de l'atelier vidéo. Devant leurs caméras, je parle pendant une heure de mon amour des chevaux, de Bartabas mais aussi de mon métier de journaliste, du devoir d'informer, de politique, de sport, de musique, de droits de l'homme... À la fin de chaque prise, ils demandent à être photographiés avec moi. Ils sont d'une curiosité insatiable, d'une courtoisie extrême, d'une gentillesse désarmante. Certains, très jeunes. La vingtaine. Des gamins. Je retiens sur mes lèvres la question fatidique : pourquoi, comment ils sont là. Je la retiens d'autant plus facilement qu'ils ressemblent à tout le monde, que rien, dans leurs attitudes, dans leurs gestes, dans leur regard franc ne les distingue, ne les accuse, ne les accable. Au contraire, ils tiennent des propos cohérents, et même édifiants. Ils revendiquent ouvertement une manière de *morale*. Ils pensent que « la France mérite d'accueillir les Jeux olympiques à Paris ». Ils tiennent que l'équitation apprend à se tenir droit dans la vie et à ne jamais « s'abaisser ». Les heures passent. Ils me supplient de revenir. Je le leur promets. L'un d'entre eux m'offre une strophe de poème : « Un crottin de cheval, une bouse de vache / Ravivent l'odorat, secouent des souvenirs, / Enfouis depuis des ans sous l'odeur des coursives. / Caresser un cheval, cueillir dans les épines / La mûre au goût sauvage et la baie d'églantier... / et chanter sous la pluie. »

Il est dix-huit heures trente. Les détenus me serrent chaleureusement la main comme si l'on était de vieux amis. Ils doivent rentrer dans leurs cellules. M. Yvonnet me raccompagne jusqu'à la sortie de la prison. La pluie a cessé de tomber. Je me retourne une dernière fois :

les détenus me font un signe de la main, un signe d'au revoir.

Je pars en voiture pour Le Mesnil. Je roule lentement. Sur le périphérique de Caen, je manque la sortie pour le pays d'Auge, pour la terre fertile de mes chevaux. J'ai l'esprit ailleurs. Et cette odeur de renfermé, d'eau croupie, de rouille qui me poursuit. Déjà, leurs visages me hantent, qui exprimaient tant de sympathie, de gratitude, et cachaient des crimes obscurs. Soudain, je pense aux victimes, aux petites victimes de ces hommes coupés du monde qu'ils ont souillé. Et aux parents brisés de ces victimes. Je ne sais plus trop où j'en suis. Je suis assailli par des émotions contradictoires, celle d'avoir apporté un peu de réconfort et d'espoir à des hommes écrasés par la solitude, et celle d'avoir fraternisé avec des meurtriers que j'aurais voulu tuer s'ils avaient touché à mes enfants.

Mal dormi. Comme dans le cachot humide d'une vieille prison napoléonienne.

2 juillet

Grande promenade à travers champs avec Eaubac. Trop de galops sur les chemins de terre. Une fuite en avant vers l'horizon inatteignable. Je pense à cette tête expressive de cheval, crinière au vent, peinte avec des couleurs vives par un détenu et accrochée sur un mur de la prison. Moi aussi, aujourd'hui, je m'évade. Sans me retourner.

3 juillet

Retrouvé cette phrase de Malraux que, depuis hier, je cherchais dans *Les Noyers de l'Altenburg* : « Trois livres tiennent en face de la prison : *Robinson Crusoé*, *Don Quichotte* et *L'Idiot*. Le premier lutte par le travail, le deuxième par le rêve et le troisième par la sainteté. » Malraux oublie de spécifier que le rêve du Quichotte est d'abord équestre.

5 juillet

À cinquante-cinq ans, il est déjà brisé. Retour d'Algérie et du Maroc, où il a servi sous Lyautey et métamorphosé plusieurs chevaux barbes, le capitaine Étienne Beudant (1863-1949) a payé tôt, et cher, sa folle passion de l'équitation. Après plusieurs chutes en steeple et pendant la Première Guerre mondiale, quelques comas, maintes fractures et des lésions aux deux hanches, il souffre de ne s'être pas ménagé et surtout de ne plus pouvoir monter. Alors qu'il s'est retiré à Dax, l'« écuyer mirobolant » — ainsi l'appelait le général Decarpentry — doit se séparer, en 1927, de sa jument Vallerine, une anglo-arabe âgée de six ans, un mètre cinquante-sept au garrot, dont la robe alezan doré est douce comme « du satin », qu'il a mise à la haute école et qui lui donne un superbe galop arrière. Elle lui avait été offerte par deux officiers hollandais qui avaient pour lui une admiration sans bornes et voulaient ainsi lui exprimer leur reconnaissance. Il l'avait dressée, malgré ses douleurs quotidiennes, au galop à faux, aux changements de pied au temps, aux pirouettes ordinaires et renversées. Il l'avait accomplie, telle une œuvre d'art. La pureté des mouvements qu'il recherchait, il l'avait trouvée avec elle.

Dans la nouvelle de Paul Morand, *Milady*, le commandant Gardefort, un ancien écuyer du Cadre noir de Saumur, préfère se jeter avec sa jument du haut d'un aqueduc plutôt que de la voir déformée par un mauvais cavalier. Mieux vaut la mort que l'infidélité ! Une vraie tragédie grecque. Étienne Beudant, lui aussi passé par Saumur, est moins intégriste et plus généreux. Pour supporter de voir partir celle qu'il a tant aimée, il la confie au plus fidèle de ses amis, le capitaine Bernard, cavalier du célèbre manège Pellier, à Paris. Et il prend soin de joindre à la jument, outre quatre pierres de sel à mettre dans sa mangeoire, une longue lettre de quatre-vingts pages, aussi précise qu'un traité, aussi sentimentale qu'un chant d'amour et d'adieu. Elle contient ses instructions afin que, désormais, Vallerine soit bien pansée, travaillée avec rigueur et montée juste. Parfois, on dirait qu'il parle d'une femme sur le départ : « Elle est très sensible aux mouches » ou « Elle est très friande de carottes ». À quoi, plus tard, le capitaine Bernard, pour le rassurer, lui répondra : « Elle est magnifique, douce et fière. Je suis enchanté. Quelle souplesse et quelle énergie ! »

Cette scrupuleuse et attendrissante missive vient d'être rééditée sous le simple titre de *Vallerine*. Je connaissais l'incontournable *Main sans jambes*, mais pas ce texte rare, plein d'une émotion à laquelle l'impeccable théoricien s'était jusqu'alors refusé. J'y vois le testament d'un grand écuyer qui, privé de sa seule raison de vivre, lègue non seulement les lois de sa science mais aussi les principes de son art. Sa philosophie ? « Il faut agir soi-même le moins possible et laisser le plus possible le cheval agir de lui-même. » Et : « Le charme de l'équitation est d'inspirer la bonne volonté au cheval. » Longtemps après la mort de Beudant, son traité est plus vivant que jamais. Il explique en effet aux cavaliers d'aujourd'hui que la relation avec le cheval doit être la plus naturelle possible et que, plus le langage des aides est simple, mieux il sera compris par sa monture.

Dans sa préface pleine d'estime et de gratitude, Patrice Franchet d'Espèrey, écuyer au Cadre, rappelle ce mot éloquent d'Étienne Beudant, alors âgé de soixante-quinze ans et souffrant pourtant le martyre de la tête aux pieds : « Toujours le cheval ! Tout ce qui m'est arrivé de bon m'est venu par le cheval. »

6 juillet

Épilogue si romanesque de *Vallerine* raconté par Franchet d'Espèrey : « Pendant la débâcle, Mme Paul Lajoinie qui montait régulièrement la jument depuis 1927 partit avec elle sur les routes en direction du sud de la France. Arrivée à l'entrée d'un village en Anjou, elle l'attacha pour effectuer quelque course de ravitaillement. À son retour, il n'y avait plus de jument. Vallerine n'a donc pas de fin. Elle continue de vivre par l'admiration qu'elle suscite dans l'imaginaire des cavaliers qu'elle met en émoi et dont elle guide les recherches. » Pour ma part, il me plaît de croire qu'elle est partie rejoindre le vieux Beudant, dans sa retraite de Dax.

7 juillet

Enregistrement du *Masque et la Plume*. J'ai inscrit au programme la nouvelle édition de *La Ferme africaine*, de Karen Blixen, dans la nouvelle traduction d'Alain Gnaedig. Au micro, Jean-Louis Ézine me lance : « Tu as forcément lu l'exergue du livre. Il est pour toi. "Monter à cheval, tirer à l'arc et dire la vérité." En somme, il ne te reste plus que deux choses à faire... » Rires dans le studio Charles-Trénet.

9 juillet

Longue et blixenienne promenade dans la campagne avec Eaubac. Après quoi, pendant une heure, je travaille Holliday sur le plat. Épaule en dedans au galop, changements de pied aux deux mains, appuyers. Un régal.

10 juillet

Appels du journal et de France Inter : Claude Simon est mort. Il avait quatre-vingt-douze ans. Avec Michel Butor, c'était l'écrivain du Nouveau Roman que j'admirais le plus. L'exact opposé de Robbe-Grillet. Le contraire de l'imposture mondaine et de la posture académique. Même si je ne les ai jamais relus, je garde un souvenir ébloui de *La Route des Flandres* et des *Géorgiques*. Simon avait un beau et sévère physique d'écuyer. Il se flattait moins d'avoir reçu le prix Nobel que d'avoir effectué son service militaire comme simple cavalier au 31e dragons, à Lunéville. Il avait la passion de l'équitation comme celle de la vigne : les deux exigent du travail et beaucoup de patience. Lorsque je lui avais demandé en 1988 de rédiger, pour mon *Dictionnaire des écrivains par eux-mêmes*, sa propre nécrologie, Claude Simon m'avait envoyé un long texte, très précis, dans lequel il avait seulement omis de raconter l'anecdote qui fit le tour de Cerisy-la-Salle au début des années soixante et dont, un jour, il m'avait fait oralement le récit. Après la parution de *La Route des Flandres*, un colonel de dragons s'était reconnu dans l'officier de cavalerie qui, soucieux de respecter, même pendant la débâcle, la hiérarchie du « en selle » et du « à pied », du haut et du bas, empêche un pauvre fantassin de s'enfuir à cheval. Sans rancune ni remords, il avait écrit à Claude Simon une lettre pour le féliciter d'avoir reproduit si fidèlement cette scène authentique mais lui avait reproché d'affubler le cheval de « pattes » au lieu des jambes. Ce rappel à l'ordre sur un point de grammaire équestre faisait, longtemps après la guerre, le bonheur de l'auteur du *Tricheur*.

12 juillet

Déjeuné avec Bernard Pivot au *Galopin*, où nous avons nos habitudes. C'est le seul ami du *milieu* littéraire avec qui j'entretiens des relations régulières, fraternelles, franches. J'aime sa joie de vivre et de lire, son honnêteté, sa curiosité. Aujourd'hui, il me parle comme on s'adresse à un médecin de famille. Sa petite-fille, Lou, douze ans, est folle d'équitation. Lui n'a jamais rien compris au cheval. Il n'est pas loin de tenir ce plaisir pour une maladie singulière. « Dis, tu crois que c'est grave ? » Je le rassure : pour une fillette, l'école des aides est la meilleure école de la vie.

14 juillet

Le Brévedent est sens dessus dessous. Émilie, une jeune monitrice qui avait fait sa formation ici et ouvert ensuite un centre équestre près de Bernay, vient d'être le témoin d'un drame. Un cavalier de seize ans a voulu mettre une jument au paddock. Trop excitée, ou trop joyeuse, ou simplement piquée par un taon, elle a lancé une ruade avant de partir au galop dans le pré. Le garçon était juste derrière, à la hauteur des postérieurs, il a reçu le sabot en plein thorax et il est mort, deux heures plus tard, sans reprendre connaissance, sous les yeux et dans les bras de ses parents. Il allait fêter dans quelques semaines ses dix-sept ans. C'est parfois ce qu'il y a de plus terrible chez les chevaux : ils tuent sans le savoir, sans le vouloir. Ils tuent en jouant. Ils n'ont jamais conscience de leur propre puissance. Pour se dégourdir les jambes et exprimer leur insolente vitalité, ils écrasent une jeune vie et brisent celle des survivants, accablés à la seule idée qu'une si belle passion puisse être assassine.

16 juillet

Grande et belle exposition George Stubbs à Londres. Vingt ans après la rétrospective organisée par la Tate Gallery, la National rend à son tour hommage à ce peintre anglais du XVIIIe siècle, fils de tanneur et protégé du prince de Galles, qui se consacra, bien avant Géricault, à portraiturer les chevaux, à exalter leur beauté. Il les aimait trop pour les peindre montés et défigurés par l'effort que l'homme exigeait d'eux. Chaque fois qu'il le pouvait, ou plutôt que son commanditaire l'y autorisait, il les débarrassait de leur selle, de leurs harnachements, de leurs cavaliers (si parfois il les représente, c'est en passagers clandestins), bref de tout ce qui, selon lui, les empêchait de briller et de parader dans l'herbe. En somme, il les déshabillait. Car il les voulait nus et désirables, comme étaient nues et désirables les baigneuses d'Ingres. Il s'appliquait en effet à reproduire, le plus fidèlement possible, leurs formes généreuses, leurs rondeurs puissantes sous le poil sec et trop lustré, presque doré. Il y parvenait d'autant mieux que son art se nourrissait d'une science exacte : Stubbs connaissait parfaitement l'anatomie de l'animal, ses nerfs, ses muscles, ses cartilages, son squelette. Il pratiquait d'ailleurs lui-même les dissections et avait imaginé un ingénieux système de poulies pour suspendre les carcasses et les orienter afin de bien les *saisir*. Le plus étonnant est que, dans ce remugle de laque et de cadavre, il cherchait également à percer sinon l'âme du moins l'esprit des chevaux. Il faisait passer dans leur regard un étonnant mélange d'arrogance et d'inquiétude, de sagesse et d'effronterie.

L'exposition de la National, qui rassemble soixante-sept œuvres, s'ouvre par l'immense portrait (deux mètres quatre-vingt-douze sur deux mètres quarante-six), admirablement éclairé, du célèbre et bondissant Whistlejacket, propriété du deuxième marquis de Rockingham. On se promène ensuite de tableau en tableau comme si Stubbs nous racontait aux trois allures l'Angleterre du XVIIIe, ses parties de chasse, ses courses de Newmarket et de Huntington, ses grooms en livrées, ses meutes, ses équipages princiers, ses parcs ombragés et ses campagnes immenses. L'aristocratie donnait alors de la noblesse au cheval. Il était son beau miroir, sa plus fière métaphore. Ce n'est pas un hasard si George Stubbs a été le plus grand *horse painter* dans un pays et à une époque où, pour créer cet athlète de légende qu'est le pur-sang (*thoroughbred*), on croisa trois étalons arabes, dont le fameux Godolphin, avec les meilleures juments anglaises. L'artiste consciencieux n'a pas seulement été le témoin de la naissance d'une lignée prestigieuse, il a aussi été le chantre du génie équestre des Anglais. Au moment où la Grande-Bretagne interdit la chasse à courre et se gausse de sa famille royale, on a l'impression troublante que, avec Stubbs, la National Gallery, prolongement d'un lustre révolu et d'un empire conquis en selle, fait de la résistance à Trafalgar Square.

22 juillet

Découverte de la Calabre. C'est une Italie que je ne connaissais pas. Ordonnée autour de ses vignes, de ses champs d'oliviers et d'agrumes, peu construite, peu aimable, volontiers aride, elle n'a pas la politesse obséquieuse de la Toscane ni la douceur rose de la campagne romaine. Elle est moins stendhalienne, sauf à Tropea, vieux village perché sur le promontoire du Poro ; l'auteur de *La Chartreuse* aurait aimé regarder la mer turquoise depuis l'église bénédictine de Santa Maria dell'Isola, dressée sur un îlot rocheux et entourée d'un ravissant jardin de curé où les lapins cousinent avec les chats. Je n'ai pas croisé, qu'il soit attelé ou en liberté, un cheval depuis plusieurs jours. À croire que la Calabre ignore cet animal. Pour la première fois depuis longtemps, monter ne me manque pas. Mon corps apprend à se reposer, à s'abandonner. Il ne demande plus à s'épuiser en hauteur, à suer dans l'effort, à *s'animaliser*. Une insidieuse hypothèse se glisse en moi tandis que je me laisse bercer dans un hamac, sous les hautes futaies d'une pinède en bord de mer : est-ce le cheval en soi que j'aime tant, ou ne sont-ce pas plutôt les métaphores qu'il entraîne, les méditations qu'il favorise, les idées cavalières qu'il développe et la littérature de plein air qu'il autorise ?

26 juillet

Circumnavigation, sous un soleil de plomb, dans l'archipel volcanique des îles Éoliennes. Déjeuner festif à Lipari, promenade à Vulcano où l'on se baigne sur une plage de sable noir, après quoi nous longeons la ravissante Panarea et enfin l'impressionnant Stromboli, qui crache, à notre passage, des fumées éruptives et projette des *lapidi* sur la longue pente grise de la Scaria del Fuoco où elles roulent au milieu d'un nuage de vapeur avant de tomber dans une mer bleu nuit. À bord du bateau, imperturbable, profil affûté d'amazone, Anne-Marie lit *Vallerine*, de Beudant, où elle se reconnaît tant, et travaille, selon les préceptes du vieux maître, des pirouettes imaginaires, des appuyers à faux, des changements de pied au galop, le pas espagnol et le passage — « Tout rendre, disait Beudant, et fixer la main » — tandis que le panache du Stromboli s'éclaire de mille couleurs dans le soleil couchant.

31 juillet

Retour en Normandie pour quinze jours pendant lesquels je compte bien ne pas descendre de selle. Après l'austère Calabre, on dirait un riche jardin écossais. Monté aujourd'hui deux longues heures Eaubac dans la plaine et, pendant une heure, Espoir sur le plat.

2 août

Dans un mois, Eaubac sera au pré et moi, orphelin. Je galope à travers champs dans un état d'exaltation où entrent, à parts égales, le bonheur d'être au plus près de lui et la tristesse de devoir me préparer déjà à l'ultime séparation. Sentiment très vif d'être, sinon un cavalier sursitaire, du moins un amant condamné bientôt à la solitude.

3 août

Il est dix-neuf heures et, plein ouest, le soleil brille encore. À peine descendu du van avec la démarche empruntée et précautionneuse d'un grand chambellan, Eaubac hume l'air vif de la mer. Il sait très bien où il est, où l'on s'apprête à aller. Déjà, il s'agite, frémit, tape du pied sur le macadam, exprime son impatience de boire le vent et d'en découdre avec les vagues. Sur la route, devant l'hôtel *Normandy*, je lui enlève ses protections de transport, sa bande de queue, son licol et le selle. Par un étroit sentier, on longe au pas la marina et son port de plaisance d'où monte une musique d'odyssée avec ses voiles qui ralinguent contre les mâts et ses obsédants arpèges de drailles. On débouche sur les planches. À peine a-t-il mis ses pieds sur le sable mou qu'Eaubac s'arrête au carré. Je le laisse faire, rênes longues, jambes serrées. Il dresse l'encolure, lève sa fine tête de lévrier, et mesure, immobile, rapace, souverain, l'étendue de son royaume temporaire. Son œil semble aller au-delà du loin. En généralissime, il inspecte les menaces et les plaisirs qui l'attendent, les troupes en présence, les éventuels rivaux, les mouvements suspects, les couleurs inédites. Dans l'immensité lumineuse de la marée basse, il observe les cerfs-volants qui claquent, les chars à voile, les parasols écarlates, les formations de mouettes, les grappes mouvantes d'estivants, les pêcheurs armés de longues cannes, et les chevaux de polo qui, tenus en longe par un *peticero*, trottent dans l'écume en formation triangulaire. Une fois qu'il a établi son plan de bataille, Eaubac abandonne sa position de statue versaillaise et, pour me signifier qu'il est temps de conquérir la plage de Deauville, se met à piaffer. Le long de la digue, je lui impose de descendre lentement vers la mer où il se livre à ses rituelles ablutions et léchouille l'eau salée. Après quoi, on part au petit trot sur le sable humide constellé de méduses transparentes. Il ne le tient jamais longtemps ; vaste comme une marine trouvillaise de Courbet où le ciel se confond avec la mer, l'espace ne se prête guère aux allures routinières. Très vite, il donne d'impertinents coups de cul, exécute quelques levades, se met à éternuer puis à ronfler, fait du galop sur place jusqu'au moment où, enfin, les rênes tendues, bien en équilibre, je l'autorise à s'élancer. Et alors, sa joie épouse la mienne, il prend une allure folle de fantasia, charge tout ce qui marche, vole et bouge, s'emballe et s'éclabousse, saute à l'horizontale les rigoles et les tas de sable, nargue les nageurs, s'émerveille de son propre émerveillement et ne repasse au trot, à l'autre bout de la plage, qu'après avoir épuisé toutes ses forces. Mais c'est une illusion. Car aussitôt il repart, irrépressible cheval furieux, cabotin et fier à qui la mer donne une rage juvénile. Je ne sais pas, du bonheur physique qui m'étreint à planer au-dessus des vagues ou de celui que j'éprouve à sentir, au creux des reins, mon cheval si heureux, lequel me comble le plus. Deux heures plus tard, le poil trempé, la crinière déstructurée, la bouche bavant blanc, il remonte dans le van. Et moi, je rejoins ma vie obligeante.

4 août

Dîner avec des amis pour qui la passion équestre est un mystère absolu. Elle les intrigue pourtant. Je tente d'expliquer que le cheval n'est pas seulement un animal mythique, c'est aussi un langage universel. Peut-être le seul, en ce début du XXIe siècle, à pouvoir réconcilier les peuples que parfois l'idéologie oppose et les cultures que souvent l'Histoire distingue, à donner de la noblesse aux humbles et de la modestie aux héritiers, à inventer en quelque sorte une aristocratie populaire. On parle cheval dans les plus vieilles civilisations comme dans les plus jeunes, dans les pays les plus riches comme dans les contrées les plus pauvres, au Montana comme au Lesotho, à Sienne comme à Lahore, sous les lustres des légendaires académies vouées à l'art de la pirouette comme dans les plaines arides où la vie est en sursis perpétuel, à tous les âges, dans tous les milieux, sous toutes les latitudes, au Nord comme au Sud, à l'Ouest comme à l'Est. Pour bien parler cheval, il n'est d'ailleurs pas nécessaire d'utiliser beaucoup de mots, ni d'avoir lu les traités des grands maîtres. Qu'il soit mongol, allemand ou sioux, le cavalier est, par essence, un taiseux, au mieux un chuchoteur. Il ne sait pas faire de beaux discours. Il préfère l'onomatopée à la rhétorique, la maxime à la tragi-comédie. S'il s'exprime, c'est avec son corps et s'il se confie, c'est avec son assiette. Pour nous, l'assiette est le centre du monde. On s'y oublie sur des chevaux qui, pour être plus beaux encore, ont su marier jadis les sangs arabe et occidental. Chacun leur signifie son attachement à sa manière. Certains le font dormir dans des boxes paillés, d'autres lui offrent au contraire l'immensité des steppes et, pour rêver, le grand lit du ciel étoilé. Selon les coutumes, les cultures, on l'exalte dans les cirques, les rodéos, les corridas, les fantasias, sur les champs de courses et de polo, au jeu du piquet ou au pato argentin. Les Bédouins n'utilisent ni étriers ni mors, les Camerounais et les Polynésiens le montent pieds nus, les cow-boys en piquent pour les éperons à molettes et les écuyers de l'École espagnole de Vienne pour les éperons en col de cygne, les picadors l'habillent d'or et les Sénégalais de lourds damiers d'étoffes, les Crows lui mettent des têtières en perles et les Indiens teignent sa crinière au henné. Du Coran, les musulmans tiennent que monter renforce la foi et qu'on accède directement au septième ciel sur le dos gracile d'un pur-sang. En France, les camarguais gris mènent, tête haute, les pèlerinages catholiques des Saintes-Maries-de-la-Mer et, en Andalousie, des milliers de cavaliers célèbrent la vierge du Rocio. Les hommes de cheval n'ont d'autre patrie que le vent dans la plaine, les buissonneux chemins de traverse, le rythme chaloupé du galop, la tiédeur du vieux cuir veiné qui a bien travaillé.

9 août

Anne-Marie, si belle et confiante sur Danseur, dans la carrière de dressage ombragée où passe un impalpable vent de soie. Je les regarde comme, en catimini, on observe un couple d'amoureux dont on admire l'ardente jeunesse, l'ostentatoire tendresse, l'insoucieuse conviction que rien, même la mort, ne pourrait les séparer.

11 août

J'apprends, en lisant le journal, le décès accidentel de Pierre Cazes. Il avait cinquante-cinq ans et il était lozérien. Cet ancien vétérinaire équin, un stéthoscope au cou, entraînait avec succès l'équipe de France d'endurance, qui avait engrangé quelque trente médailles internationales. Comme nous tous, il a dû frôler dans sa vie des milliers de croupes tranquilles et inoffensives. Et puis, il y a deux jours, il a embarqué un cheval un peu vif dans un van, au centre équestre de Penne, dans le Tarn, où il était venu assister à l'entraînement d'un cavalier de l'équipe juniors. Comme notre jeune voisin de Bernay, il a reçu les postérieurs de Leila en plein thorax. Un responsable de la Fédération française d'équitation a eu ce mot : « Pierre est mort sur scène. »

12 août

Je monte chaque jour Eaubac des heures entières, parfois jusqu'à l'épuisement, dans les champs dorés qu'on moissonne et où cuisent sous le soleil d'impeccables *roundballers*, le long des haies sucrées de sureaux et de mûriers, sur la plage caressée par un soleil italien, dans les bois du Faulq où l'ombre a la fraîcheur d'une chapelle désaffectée, sans avoir désormais envie de noter dans ce journal ce que j'éprouve. Est-ce l'imminence de ma séparation d'avec mon cheval ? Est-ce soudain le sentiment d'être impudique, de trahir ici le secret d'une histoire intime qui touche inéluctablement à sa fin ? Ou n'est-ce pas simplement que le temps m'est compté avec Eaubac, et que je ne veux plus perdre un instant à décrire ce que je préfère vivre ?

15 août

C'est décidément le week-end le plus excitant, le plus galopant. Jamais la Normandie ne mérite mieux son titre de patrie du cheval. Impossible de prendre une nationale ou une départementale sans croiser, dans un chassé-croisé incessant, des camions multicolores et des vans à l'arrière desquels se balancent de belles croupes rondes, musclées, brillantes, qui cherchent le regard de Géricault. Ils emmènent les chevaux sur tous les terrains, en sable ou en herbe, de la région. On court plus vite que l'éclair à Clairefontaine, on saute très haut au haras de la Chesnaye (hier, la barre de la puissance était à deux mètres et le jeune Mathieu Billot, tombé à quatre ans dans la potion équestre, a prouvé qu'il était un futur champion olympique), on joue devant de belles toilettes la finale de polo à la Touques, on drive dans la nuit sur la piste grise de Cabourg, on va admirer les étalons priapiques à Saint-Lô, on dispute un concours de complet sous les fenêtres du royal haras du Pin, on monte dans des voitures attelées à Pont-l'Évêque, on ne sait vraiment plus où donner de la tête et du mollet. J'imagine l'étranger débarquant ici par hasard. Il doit avoir le sentiment de découvrir un des derniers peuples cavaliers de l'ère moderne. À ma petite place, il me plaît d'en être.

20 août

Impressionnante séance d'obstacles dans la carrière. Les barres sont en haut des chandeliers. Gabriel monte Holliday avec une élégance dans son assiette, une assurance dans son calcul des foulées et une sérénité à l'instant du saut qui n'en finissent pas de faire mon admiration, et ma fierté. Le cheval, qui arrive tranquille et cadencé devant chaque obstacle, semble voler et donne même l'impression que l'exploit répété ne lui demande aucun effort. J'envie mon fils d'atteindre à cette beauté du geste. J'ai l'impression qu'il me prolonge.

21 août

J'avais été heureux de croiser Constance Ménard, au printemps dernier, sur le plateau d'Equidia. Elle m'avait révélé en direct qu'elle avait autrefois brillé sur les rectangles de dressage avec Looping, cet entier fougueux et précieux que je montais à Firfol, chez Georges Cotrait, au milieu des années quatre-vingt-dix. Je viens d'apprendre avec tristesse et stupéfaction qu'elle est sous oxygène à l'hôpital d'Angers. Elle revenait tout juste des championnats d'Europe, à Hagen, et s'apprêtait à faire un stage à Saumur lorsqu'elle a reçu sur la tête, tombée d'un grenier de l'École nationale d'équitation, une balle de fourrage de huit cents kilos. Elle a les deux clavicules cassées, des vertèbres, des cervicales, une lombaire, des côtes et le sternum enfoncés. Une cavalière de dressage, c'est comme une danseuse, et une danseuse brisée, c'est comme un oiseau auquel on a coupé les ailes.

22 août

Entre Tokyo, où il a triomphé avec *Loungta* pendant deux mois et devant cent quarante mille spectateurs, et Rome, où se terminera en octobre, dans le regret automnal des beautés éphémères, la tournée de ce spectacle universel inspiré des rituels tibétains, Bartabas, grand prince, a donc pris ses quartiers d'été à Versailles. Il y retrouve avec bonheur son gynécée — la douzaine de cavalières de l'Académie du spectacle équestre logent dans la Grande Écurie et travaillent chaque jour à mériter, en selle, la confiance du centaure — pour mieux prendre d'assaut, à la nuit tombée, le château, ses savants jardins, ses perspectives cavalières et son immense bassin de Neptune.

L'an dernier, il avait fait entendre la musique raffinée du « Mozart noir ». Pour *Voyage aux Indes galantes*, sa nouvelle féerie équestre et pyrotechnique, Bartabas a choisi d'évoquer l'étonnante histoire de René Madec. Ce petit marin quimpérois, né en 1736 et parti à quinze ans pour Pondichéry, était devenu, après avoir combattu sous Dupleix, porté l'uniforme anglais, formé sa propre armée et servi l'empereur des Mongols, un nabab des Indes. Lorsqu'il revint en France, il avait quarante-trois ans et il était à la tête d'une fortune considérable. Décoré de l'ordre royal de Saint-Louis par Louis XVI, mais raillé par les courtisans que son turban et sa rudesse indisposaient (le métisse Saint-George ne fut pas mieux accueilli), René Madec quitta aussitôt Versailles pour retrouver sa Bretagne natale. La retraite du colonel cavalier, qui aimait à se promener au petit trot le long de l'Odet, fut brève. En 1784, il mourut en effet des suites d'une chute de cheval.

23 août

J'assiste ce soir au dernier filage. Dîner sous une tente tendue dans les jardins pour toute l'équipe des fêtes de nuit avec un Bartabas bronzé. Il ressemble à Jean Valjean, jeune. Je suis sûr que Hugo l'aurait aimé. Il a en effet la fougue, la noblesse morale, la verve libertaire du héros des *Misérables*. Il m'apprend qu'il travaille déjà, avec ses chevaux de tête, sur le spectacle qu'il emmènera à Istanbul avant de le présenter au prochain festival d'Avignon et qu'il vient de signer un accord avec Stéphane Lissner pour monter, à Aix-en-Provence, en 2007, un carrousel auquel prendront part les écuyères de l'Académie ; il sera donné dans le beau cadre du Grand Saint-Jean. Il me dit encore rêver de retourner longtemps au Japon, où il a été si heureux.

À vingt et une heures, la pluie se met à tomber. La répétition est pourtant maintenue. Je m'assieds sur les gradins vides et mouillés. Les nuages sont plus noirs que la nuit. Depuis la régie tombent les ordres péremptoires et les reproches colériques du metteur en scène, jamais content, toujours soucieux de la perfection.

Pour illustrer l'idée exotique que Versailles se faisait des fastes de l'Orient, le rigoureux, ascétique et intimiste Bartabas, bousculant sa nature et contrariant sa culture, ne recule devant aucun moyen. Il rassemble, pour les carrousels équestres chorégraphiés sur une scène de mille mètres carrés, toutes les écuyères de son Académie et tous les voltigeurs de Zingaro ; demande, pour les feux d'artifice, au groupe F d'illuminer le bassin de Neptune autour duquel il a fait disposer pas moins de soixante-dix palmiers ; propose aux fontainiers de jouer leur symphonie aquatique ; et en appelle non seulement au Rameau des *Indes galantes*, à Delalande et Moulinié mais aussi aux surprenantes musiques du monde du XVIIIe siècle, les mélopées du Maghreb, les chants sacrés des Indiens guaranis, les sonates mexicaines et les enivrantes partitions arabo-andalouses.

Dès demain, face à dix mille spectateurs installés chaque soir sur des gradins en hémicycle conçus par Patrick Bouchain, le démiurge va ressusciter les palais de Bharatpur, le Taj Mahal et les armées du Bengale, jongler avec l'eau, l'air et le feu. Un antique et pétaradant side-car frôle les silencieux lusitaniens crème, un danseur de kalaripayatt tutoie les escrimeuses du roi, des cerfs-volants blancs tirés par des cavaliers égaient la nuit de Versailles, un éléphant chamarré marche sur l'eau du Gange imaginaire, des navires flottent dans l'air, et les hordes de chevaux en liberté remontent au grand galop vers le château par la belle allée des Marmousets.

Comme le nabab René Madec, Bartabas a beaucoup voyagé et, comme lui, il ne veut retenir, de sa vie extraordinaire, que le bruit mat des sabots sur le sable chaud des pays lointains.

Une fois encore, je pense à l'énigmatique magie fellinienne. Il faut y ajouter ici la beauté des *jidaigeki* de Kurosawa où toujours se promène, dans des paysages magnifiques, un héros solitaire, moral et supérieur. Fellini, Kurosawa, Bartabas.

27 août

Dernier galop dans la plaine arasée de l'été déjà finissant. Dernière cueillette de mûres, et l'Eaubac gourmand qui s'arrête le long des haies épineuses et incline sa tête curieuse vers ma main gorgée de juteuses douceurs. Dernière plongée dans les sous-bois où je serre si fort et embrasse son encolure de velours pour éviter les branches basses et le laisser m'emmener, comme un fils donne la main à son père. Dernier trotting sur les petites routes, et je ferme les yeux, et je ne vois qu'avec mon corps en lévitation, et j'oublie tout, bercé par le rythme cadencé des fers sur le macadam tiède. Derniers frissons. Dernière promenade amoureuse, animale, végétale, sous un ciel d'accompagnement, dans une lumière d'autrefois qui lentement décline.

29 août

Comme un cycle naturel, ce que j'ai commencé avec *La Chute de cheval* et prolongé avec *Bartabas, roman* se clôt avec ce journal équestre. Je suis convaincu que, dans l'exploration de ma sauvage intimité avec l'animal, je n'irai pas au-delà. J'ai tout dit, à ma façon. Je veux désormais écrire sur ce que j'ignore encore. Me surprendre. Je mets au pré, en même temps qu'Eaubac, l'écrivain des galopades. Je vais réapprendre à marcher. Les chevaux, mon déjà beau passé.

3 septembre

Je suis arrivé tôt au Brévedent. Il faisait très doux. Mon cœur battait la chamade. Je savais que, la veille, Eaubac avait été déferré aux postérieurs. Il m'attendait dans son box comme si c'était une matinée ordinaire et que j'allais le seller pour l'emmener en trottinant sur nos chemins préférés. Mais j'avais des chaussures de ville, les mains vides et le cœur bas. De sa bouche soyeuse, il m'a caressé la joue et a posé sa tête, les yeux fermés, sur mon épaule. Il est resté ainsi, pesant de tout son poids de tendresse, durant de longues minutes tandis que, de ma main droite, je lui grattais le front et les oreilles. Et puis je lui ai passé son licol en cuir. Nous sommes partis par le sentier ombré qui longe les carrières et les paddocks. C'est la première fois que je l'empruntais à pied. Je ne le reconnaissais plus. J'étais soudain un piéton qui tenait à la main un grand cheval bai, et libre. Jean-Luc m'accompagnait. Il a ouvert la clôture de l'herbage le long duquel, il y a encore quelques jours, nous aimions tant galoper. Aimée et Régent ont regardé entrer Eaubac comme un intrus. Les deux mâles se sont toisés. Sur les conseils de Jean-Luc, j'ai fait le tour du pré avec mon cheval pour lui montrer l'étendue de son territoire, la limite et la hauteur des barrières à ne pas franchir, le point d'eau où se désaltérer et l'abri en bois, où se protéger désormais de la pluie et de la canicule. Je ne cessais de lui caresser l'encolure, de lui parler. La visite terminée, je lui ai retiré doucement le licol. Il m'a jeté des yeux très étonnés. On aurait dit qu'il m'interrogeait. Malgré les mouches, il ne bougeait pas. On se faisait face, comme deux statues figées par un artiste que l'inspiration aurait déserté. « Vas-y, maintenant », lui ai-je murmuré sans y croire, sans vouloir y croire. Alors il a fait un demi-tour sur lui-même et a filé, dans un trot majestueux, aérien, léger, un trot d'étalon arabe, la queue en l'air, la tête en col de cygne, la robe étincelant dans la lumière dorée. Il a enchaîné sur un galop de course pour aller se mesurer au vieux Régent devant lequel, en poussant un hennissement guerrier et faisant jaillir des antérieurs de boxeur, il a exécuté une impressionnante levade. Aussitôt, Régent s'est collé à Aimée pour signifier à Eaubac qu'elle était sa propriété et qu'il ne la céderait point. Une fois qu'il a eu bien frimé, mon trotteur s'est détourné du couple pour aller manger négligemment de l'herbe. Je suis resté près d'une heure, posté au centre du champ, à observer la renaissance d'Eaubac dans cette vie nouvelle, ce pays étranger où je n'ai plus ma place. Avec cet air d'aristocrate où il a toujours excellé, il a d'ailleurs feint de m'ignorer. Jusqu'au moment où j'ai esquissé un mouvement vers la sortie pour partir. Il est venu au trot, m'a suivi, m'a serré, m'a bousculé gentiment, a frotté son chanfrein contre mon dos, comme s'il me demandait de l'emmener, de ne pas l'abandonner. Lorsque je me suis retourné une dernière fois, il m'a regardé avec une douceur, une mélancolie qui m'ont fait frémir. Je suis rentré aux écuries, le licol à la main, par un sentier de terre sèche qui n'en finissait pas. Sur la porte blanche de son box vide, j'ai enlevé la plaque ovale et rouge sur laquelle ses origines sont gravées : « Eaubac (TF), né dans l'Orne en 1992, fils d'Oligo (TF) et de Mina du Vivier (TF). » Treize ans plus tard, ce qui restait de ma propre jeunesse s'enfuyait, dans mon dos, au galop. C'est étrange d'entendre au loin caracoler une part de soi que l'on n'a pas su retenir et de savoir que disparaissent à jamais, derrière une barrière de vieux arbres, les secrets, les confidences, les poèmes, les illusions perdues, les vertes espérances, dont nos chevaux en allés sont les gardiens respectueux et attendris.

POSTFACE

4 octobre 2006

Il est maintenant devenu un jeune roi fainéant. Il n'a plus le souci de briller ni l'envie de me plaire. Son poil est épais, ébouriffé, pelucheux et souvent maculé de terre. Il paraît heureux de se négliger. Sa crinière d'un beau noir indien, que je rasais régulièrement, vole désormais au vent. Seule la tête, haut perchée, rappelle que ce trotteur sans particule a toisé les hommes et rivalisé, sur la plage et les terrains de concours, avec ses pairs aux origines beaucoup plus prestigieuses.

Toujours suivi d'Aimée, une jument gironde, et de Régent, un vieil hongre précautionneux, mon Eaubac règne avec nonchalance sur un peuple invisible de rongeurs, de fouisseurs, de coureurs, de marcheurs, qui traversent au crépuscule son empire de verdure. Selon les saisons et la pousse de l'herbe, il dispose en altitude d'un pré bordé de hauts arbres sur le plateau du Faulq ou, au fond du vallon, d'un champ dominé par l'église désaffectée du Brévedent. C'est un manant de quatorze ans qui aime les espaces seigneuriaux. La liberté lui va si bien. Je m'efforce de ne pas l'en distraire.

D'ailleurs, mes caresses l'indiffèrent. Il leur préfère des pommes et des carottes. J'ai été son cavalier exigeant, je suis son maraîcher généreux. Parfois, le regarder me suffit. Sans faire de bruit, je me poste dans l'ombre et j'assiste avec ravissement au spectacle chorégraphique de son bonheur. Il mange, drague, joue, cabriole, se fait peur, se gratte contre un tronc, chasse les mouches avec sa queue, flemmardise, somnole, hume l'air, mordille les fesses d'Aimée ou feint de méditer sous les lourdes branches de l'automne.

Lui arrive-t-il de s'ennuyer, d'aspirer à des espaces plus vastes encore, de vivre ailleurs que dans son présent perpétuel ? Sait-il encore ce que sont le confort d'un box paillé, le voyage spartiate dans un van, le goût acidulé d'un mors, le poids d'une selle, la voix humaine, trop humaine, et ses impudiques confidences ? Je l'ignore. Eaubac, énigmatique, me pousse plus à la rêverie qu'à l'éthologie. Lorsque j'étais sur lui, dans lui, je croyais le connaître par cœur ; maintenant qu'il s'est affranchi, je découvre combien il reste impénétrable.

Une année a passé depuis le jour où je l'ai mis au pré et suis descendu du belvédère que sa hauteur et sa fierté offraient à mon regard. Je m'étais alors promis de redevenir un piéton, de ranger mes bottes avec mes souvenirs. J'ai menti. Ou plutôt : je me suis menti à moi-même. Je monte toujours autant. J'ai besoin de cet effort physique, de cet exercice spirituel. Ce sport est un plaisir doublé d'une morale ; on ne s'en désintoxique pas si facilement. Je n'ai jamais retrouvé l'état de grâce auquel, certains jours, la communion avec Eaubac me faisait accéder, et j'ai perdu, avec lui, mon révélateur, mon grand inspirateur. Mais, sur le dos d'Holliday, le cheval de Gabriel, je connais encore l'excitation, sur la plage, de faire la course au galop avec les mouettes et le désir, en carrière et en rênes allemandes, d'atteindre parfois la justesse dans l'impulsion et la rondeur sans violence.

Je voulais m'éloigner des écuries, je n'y arrive pas. L'odeur puissante des box, le parfum mielleux des cuirs, le velouté du poil lustré me collent à la peau. L'animal roi me poursuit. Après le festival d'Avignon, j'ai passé tout mon été en selle et je traverse l'automne au petit galop, dans le regret persistant d'Eaubac. On me propose sans cesse d'acheter un autre cheval, je n'en veux pas. Mon corps s'épuise à monter, mon esprit se refuse à remplacer le confident dont j'ai été le partenaire et à qui, d'une voix de confessionnal, j'ai donné la réplique.

Retour de Belgique, Bartabas est venu déjeuner à la maison après avoir esquissé quelques arabesques avec le beau Danseur dans le manège du Brévedent, sous l'œil attendri d'Anne-Marie. J'envie la faculté de rebondissement de mon ami le centaure et la manière dont, contrairement à moi, il fait rendre gorge à sa mélancolie. Après l'avoir terrassé, la mort de Pantruche l'a en effet fortifié et il n'a jamais si bien monté Le Caravage. Il combat le chagrin par la rage. Les chevaux passent, il demeure.

Je me souviens que, à la fin d'*Entr'aperçu*, Bartabas quittait le Châtelet à cheval, s'enfonçait dans sa Chine intérieure en empruntant le boulevard Sébastopol et poussait jusqu'à l'empire du Soleil levant, où il présenta *Loungta*, spectacle de voix basses et de haute spiritualité. Je le crus en exil. Il avait fait vœu d'austérité. Il s'allégeait toujours plus, se faisait ange, et le public communiait en silence avec une ombre chinoise fascinée par l'épure, tentée secrètement par sa propre disparition. Et en juillet dernier, au festival d'Avignon, *Battuta*, œuvre joyeuse, baroque, insolente, a renversé toutes les lois imposées par Bartabas au Théâtre équestre Zingaro. Il s'éloignait au pas, il est revenu au galop. Après l'éloge de la lenteur, voici l'ode à la célérité. Après le temps suspendu, la vie en accéléré. Après la poésie verticale de Segalen, des sketches pleins d'humour. Après les voix de buffle des moines tibétains, les cuivres assourdissants de Moldavie répondent aux cordes dansantes de Transylvanie. Après le piaffer méditatif et le passage rebondissant, place au galop fou, à l'allure basculante et dissymétrique de tous les dangers. Après la messe, la kermesse et ses applaudissements euphoriques.

Dans *Battuta*, Bartabas fait son cinéma, quelque part entre les films des Marx Brothers, les comédies italiennes des années 1960, les fresques tsiganes de Tony Gatlif et les délires rauques de Kusturica. Les tableaux se suivent à un rythme d'enfer, reproduisent tous les rites de l'universelle famille gitane et célèbrent en fanfare sa liberté inconditionnelle. Des fanfarons poursuivent au triple galop une jolie mariée dont la longue traîne est soulevée par des ballons blancs. Ils veulent l'enlever, mais son vieux père veille en gardien barbu de la vertu. Les assaillants portent des chemises en soie orange, des costumes vert pomme, des cravates roses, des bretelles de caïd, ils ont des chaînettes autour du cou, des bagouses aux doigts et un feutre sur la tête. Ils savent tout faire au galop à trois temps : jouer du violon, au bilboquet, mimer un strip-tease, tenir une oie migratrice au bout des bras, manger, boire, et faire sécher le linge sur un fil. Des ours font de la voltige et croisent des attelages de 2 CV désossées. Je ris, je frémis, je suis grisé par les bourrasques de sable et de grains de riz, ébloui par la cascade diaprée qui descend du ciel. De *Battuta*, cet hymne au galop, la plus rapide mais aussi la plus confortable des allures, je suis sorti épuisé et radieux.

Parfois, il m'a semblé être revenu au temps festif des *Cabarets équestres*. Comme si Bartabas, qui effectue dans le spectacle un passage éclair et drolatique à califourchon sur un âne, voulait retrouver sa fièvre adolescente du Théâtre emporté, sa jeunesse séditieuse du Cirque Aligre, renouer avec son nomadisme originel et nous restituer notre enfance perdue. La sienne dort au creux de la selle. Cet été, à Avignon, il attendait que les fanfares roumaines se soient tues pour quitter dans la nuit le chapiteau de Zingaro et gagner clandestinement la carrière de Boulbon où, très loin du bruit et de la fureur, il montait seul, au lever du soleil et au son d'une musique soufie scandée par les premières cigales, son cher et brillant Caravage. Sur la piste de terre brique, avec son cheval à la robe isabelle, il donnait alors l'impudique spectacle de la plus harmonieuse des solitudes.

Bartabas aura bientôt cinquante ans. Je les ai aujourd'hui, 4 octobre. Cela ne me trouble pas. Le chiffre est abstrait. Il ne m'inspire ni addition, ni soustraction. Il me semble que le cheval nous retient de vieillir trop vite, nous oblige à garder le dos droit et à nous connaître mieux. C'est un mystérieux allié dans la vie de tous les jours. À moi seul, il offre le privilège de prolonger, en équilibre, le destin brisé de mon père et de donner, à ciel ouvert, un sursis à sa jeunesse. Il m'aide aussi à écrire, à enlever le gras de la phrase et à me rassembler. Je l'ai déjà noté, je le pense plus encore : le cheval est un animal très stendhalien.

Je viens de relire le petit essai joliment relié que, pour mon anniversaire, Jean-Louis Gouraud, sachant mes deux passions, a eu la délicatesse de m'offrir. Dieu sait où il a déniché cette rareté dont j'ignorais l'existence. Il a paru, en 1928, au Divan et il s'intitule *Stendhal, homme de cheval*. Le comte Marie-Aymery de Comminges, né en 1862 et ancien officier de cavalerie, s'applique ici à démontrer que l'auteur de *La Chartreuse de Parme*, qui aimait à se faire passer pour un officier de dragons, possédait au plus haut point la science hippique. La thèse n'est guère convaincante (le maréchal des logis Henri Beyle était aussi hardi que mauvais cavalier, et il ne comptait plus ses chutes, ni les ridicules qu'elles lui avaient infligés), mais elle me séduit. J'ai longtemps rêvé, en effet, que mon écrivain de chevet fût un écuyer d'exception. Mais voilà, Lamartine montait bien et ses poèmes m'ennuient à périr tandis que Stendhal, dont la prose et les idées me ravissent, ne tenait pas en selle. L'histoire littéraire est mal faite.

Le comte de Comminges en appelle donc à Lucien Leuwen, sous-lieutenant aux lanciers, à Octave de Malivert, qui brillait sur un pur-sang anglais, et surtout à Fabrice del Dongo pour étayer sa démonstration. Elle est à la fois poussive et attachante. Aux premières heures de la bataille de Waterloo, où il rêve de voir passer l'empereur sur Acacia, un navarrais gris moucheté de quatre ans, notre fringant hussard achète un roussin récalcitrant qui refuse la badine et ne consent à trotter que si on le caresse. À la première canonnade ou à la vue d'un cadavre, l'animal craintif pile net. Une cantinière lance alors à Fabrice : « Tu ferais mieux, mon petit, d'être fantassin que cavalier ! » Mais le jeune homme s'obstine. Il est fougueux. Il veut admirer l'épopée napoléonienne d'en haut, pas d'en bas. Il trouve finalement un pur-sang, prompt à se cabrer et à galoper, qu'un général désarçonné va aussitôt lui dérober, laissant Fabrice assis dans l'herbe, humilié et penaud. Preuve que Stendhal est, sinon un spécialiste de la chose équestre, du moins un bon romancier.

Il y a un an, au terme de ce journal équestre, je voulais me convaincre que, désormais, je ferais mieux, moi aussi, d'être fantassin que cavalier. Peine perdue. Je persiste et signe. Là-haut, la vie est plus ardente et le temps, dilaté jusqu'à l'infini. Certains matins, lorsque je vais monter et passe devant l'herbage où Eaubac folâtre, j'ai l'impression étrange qu'il me sourit, m'encourage et me défie.

DU MÊME AUTEUR

Romans

C'ÉTAIT TOUS LES JOURS TEMPÊTE, *Gallimard*, 2001. Prix Maurice Genevoix (Folio nº 3737).

LES SŒURS DE PRAGUE, *Gallimard*, 2007 (Folio nº 4706).

Récits

LA CHUTE DE CHEVAL, *Gallimard*, 1998. Prix Roger Nimier (Folio nº 3335, *édition augmentée* ; La Bibliothèque Gallimard nº 145, *présentation et dossier de Geneviève Winter*).

BARBARA, CLAIRE DE NUIT, *La Martinière*, 1999 (Folio nº 3653, *édition augmentée*).

THÉÂTRE INTIME, *Gallimard*, 2003. Prix Essai France Télévisions (Folio nº 4028, *édition augmentée*).

BARTABAS, ROMAN, *Gallimard*, 2004. Prix Jean Freustié (Folio nº 4371, *édition augmentée*).

SON EXCELLENCE, MONSIEUR MON AMI, *Gallimard*, 2008. Prix Prince Pierre de Monaco, prix Duménil (Folio nº 4944, *édition augmentée*).

Journal

CAVALIER SEUL, *Gallimard*, 2006 (Folio nº 4500, *édition augmentée*).

Essais

POUR JEAN PRÉVOST, *Gallimard*, 1994. Prix Médicis Essai ; Grand Prix de l'essai de la Société des gens de lettres (Folio nº 3257).

LITTÉRATURE VAGABONDE, *Flammarion*, 1995 (Pocket nº 10533, *édition augmentée*).

PERSPECTIVES CAVALIÈRES, *Gallimard*, 2003. Prix Pégase de la Fédération française d'équitation (Folio nº 3822).

LES LIVRES ONT UN VISAGE, *Mercure de France*, 2009.

Dialogues

ENTRETIENS AVEC JACQUES CHESSEX, *La Différence*, 1979.

SI J'OSE DIRE, ENTRETIENS AVEC PASCAL LAINÉ, *Mercure de France*, 1982.

L'ÉCOLE BUISSONNIÈRE, ENTRETIENS AVEC ANDRÉ DHÔTEL, *Pierre Horay*, 1983.

DE MONTMARTRE À MONTPARNASSE, ENTRETIENS AVEC GEORGES CHARENSOL, *François Bourin*, 1990.

En collaboration

DICTIONNAIRE DE LA LITTÉRATURE FRANÇAISE CONTEMPORAINE, *François Bourin*, 1988. Édition augmentée : DICTIONNAIRE DES ÉCRIVAINS CONTEMPORAINS DE LANGUE FRANÇAISE PAR EUX-MÊMES, *Fayard/ Mille et une nuits*, 2004.

LE MASQUE ET LA PLUME, avec Daniel Garcia, *Les Arènes*, 2005. Prix du Comité d'histoire de la radiodiffusion (10-18 nº 3859).

NOUVELLES MYTHOLOGIES, *Le Seuil*, 2007.

Impression Maury-Imprimeur
45330 Malesherbes
le 15 janvier 2012.
Dépôt légal : janvier 2012.
1er dépôt légal dans la collection : janvier 2007.
Numéro d'imprimeur : 170040.

ISBN 978-2-07-034298-3. / Imprimé en France.

241365